ANOREXIE, BOULIMIE
ET AUTRES TROUBLES DU COMPORTEMENT ALIMENTAIRE

DANIEL RIGAUD

LES ESSENTIELS MILAN

Sommaire

Les mots suivis d'un astérisque (*) sont expliqués dans le glossaire.

Où MANGER peut rimer avec CULPABILITÉ

Aujourd'hui, manger n'est plus un acte naturel. De tout temps, l'homme s'est nourri avec pour objectif de manger « à sa faim ». À notre époque, ce n'est plus le cas. Il lui faut « manger santé ». Notre société est folle de son alimentation. Tant de publicités nous incitent à la gourmandise et, parallèlement, tant d'articles nous mettent en garde contre le fait même de manger : vache folle et cholestérol, dioxine et graisses assassines, suppléments vitaminés et obésité. Il y a, enfin, cet « idéal minceur » qu'on nous assène, où sculpture du corps rimerait avec maîtrise de soi. Un million de Français attaquent chaque année un régime pour perdre 3 à 6 kg. Ce sont surtout des femmes, plutôt jeunes et victimes de la mode. Sans crainte, elles cèdent au mirage du petit régime. Et le piège se referme. La frustration, ou au contraire la valorisation sociale qui résulte de la perte de ces kilos, va éveiller boulimie ou anorexie. Ces deux troubles transformeront ces jeunes femmes en êtres meurtris, incapables de comprendre ce qui s'est passé. Autour d'elles, le désert se sera fait. Que ne feraient-elles alors pour ne pas s'être laissé tenter par ce petit régime qui a tout fait basculer ! « Idéal minceur », « corps sculpté », « ventre, fesses et cuisses gommés », voilà nos canons de beauté. Ils peuvent être, chez quelques personnes en proie au mal-être, à l'origine de troubles du comportement alimentaire (anorexie mentale, boulimie, compulsions alimentaires). Le manque de confiance en soi, le sentiment que les proches sont hors de portée et les conséquences de la restriction alimentaire y contribuent aussi. Valorisée, l'anorexique se sent enfin forte, légère, alors qu'elle s'alourdit de toutes les frustrations et passe « sous contrôle » de l'anorexie ou de la boulimie. C'est vite l'horreur. Heureusement il est possible d'en guérir !

Avertissements

Dans le texte, TCA signifie troubles du comportement alimentaire.
L'anorexie et la boulimie touchant essentiellement un public de jeunes filles, nous évoquerons ces maladies en employant un sujet féminin (elle, la jeune fille, la malade...). Néanmoins, les garçons également concernés (1 cas sur 10) trouveront des réponses à leurs questions.

Question de définition

Anorexie mentale et boulimie sont des TCA dont les bases physiologiques sont la volonté de maigrir et la mise au régime hypocalorique*, souvent trop sévère.

L'anorexie mentale

C'est le besoin de maigrir à tout prix, alors même que le poids corporel est normal ou déjà bas. Ce besoin ne répond pas à une stratégie de séduction, mais à une position de repli liée à la peur et au refus de grossir par risque d'être trop grosse, obèse. Il se transforme en angoisse et s'associe à une hyperactivité physique qui est, en fait, plus une agitation, une excitation qu'une véritable activité sportive. Les malades ont tellement peur de grossir qu'elles se voient grosses, même si elles se savent maigres. Elles luttent contre la faim* : ce n'est pas une anorexie* vraie. Il ne s'agit pas d'une maladie mentale comme la psychose, mais d'un trouble du comportement.

La boulimie

C'est l'ingestion, en dehors des repas, d'une quantité importante d'aliments (de « choses alimentaires » en fait) ni choisis, ni désirés, donc sans plaisir et sans faim, chez quelqu'un qui a un souci extrême de minceur. La malade a le sentiment, pendant la crise, de perdre tout contrôle (« *je ne suis plus moi-même* »). Elle en souffre, pour elle et son entourage.

Comme il est crucial pour elle de ne pas grossir, elle va utiliser des stratégies pour maigrir : vomissements, au début provoqués puis spontanés (sans effort), laxatifs (bien inutiles pourtant), voire diurétiques (médicaments pour faire uriner), hyperactivité physique. Ce n'est donc pas du grignotage* ; ce n'est pas non plus de la gourmandise. Les malades ne le font pas exprès. Elles sont bien incapables, malgré leur souhait, d'y échapper.

Bizarreries alimentaires*

Les peurs et les superstitions autour de l'alimentation reposent sur des assertions fausses. Elles sont anormales quand elles perturbent profondément l'alimentation. Quelques exemples : refus des aliments d'une couleur particulière, rejet de nombreux aliments du fait du risque de microbes (d'infection) ou d'« empoisonnement », géophagie*.

Sentiment de maîtrise et perte de contrôle

Lutter contre sa faim donne à l'anorexique un sentiment de puissance, voire de jouissance. La boulimique, elle, n'éprouve aucun plaisir à faire une crise : c'est une pulsion incontrôlable, jugée plutôt horrible et dégoûtante par la malade.

Les compulsions alimentaires graves

C'est l'ingestion, en dehors des repas, d'une quantité assez importante d'aliments choisis et désirés (aimés). Il y a donc plaisir, même si la compulsion* se fait sans faim. La malade n'a pas de stratégie pour maigrir. Elle a en revanche, comme la boulimique, le sentiment de perdre tout contrôle.

La frénésie alimentaire

C'est une compulsion au stade maximal, presque une boulimie*, avec la prise de quantité importante d'aliments et un intense sentiment de perdre tout contrôle. Quand il vient, le besoin devient vite urgent et obligatoire, même chez des amis ou dans la rue. La frénésie a le plus souvent un caractère impulsif. Elle s'associe parfois à d'autres types de comportements impulsifs : violence, colère, alcoolisation, tentatives de suicide.

Le grignotage pathologique

C'est l'acte de manger par petite quantité et sans s'en rendre compte. L'exemple type en est la consommation alimentaire devant la télévision. Il est impossible au sujet d'y échapper, malgré la quantité consommée et les conséquences éventuelles. Il peut s'agir d'aliments sucrés, salés, ou sucrés-salés. En règle générale, ce sont des aliments choisis et aimés. Cela traduit souvent une angoisse ou un état dépressif, mais pas toujours.

Quelques autres TCA

Les vomissements aux repas : une peur de manger, une angoisse ou un traumatisme psychologique induisent un besoin de rejeter la nourriture.

La rumination : c'est l'acte de faire remonter dans la bouche puis de déglutir de nouveau des « bouchées » d'aliments qui viennent d'être avalés. Cet acte est involontaire et se fait sans effort.

L'anorexie mentale est définie comme le besoin de maigrir à tout prix, alors même que l'on est déjà maigre.
La boulimie est faite de crises effrayantes où l'on engouffre tout ce qui se mange et où l'on rejette l'horreur dans un vomissement salvateur.
La compulsion alimentaire est une envie inextinguible d'aliments, qui fait sombrer la malade dans une perte de contrôle hallucinante.

Un mal-être

Anorexie mentale, boulimie, frénésie et compulsions alimentaires, grignotage incontrôlable : les troubles du comportement alimentaire sont l'expression d'un mal-être et les résultats dramatiques de ce qui n'était au départ qu'un petit régime amaigrissant.

Un petit régime, ça ne peut pas faire de mal

L'anorexie*, la boulimie* et les autres troubles du comportement alimentaire (TCA) commencent bien souvent par un régime. Ce n'est pas seulement affaire d'alimentation. C'est la société qui veut ça. Ce n'est pas seulement des « histoires de manger ». Non, derrière chaque TCA, il y a un mal-être et des conséquences nutritionnelles*... parfois graves. Voire mortelles.
Les TCA sont, pour beaucoup de malades, l'expression d'un manque de confiance en soi. On y tombe sans s'en rendre compte. On en souffre souvent des années, effondré d'y avoir « consacré » tant de temps, d'énergie, d'amis, d'êtres chers. Le réveil n'a pas le charme de celui de la Belle au bois dormant. Car, après toutes ces années de souffrance, la malade doit reconstruire des pans entiers de sa vie.

Un petit régime, puis un vrai drame

Anorexie et boulimie sont des maladies douloureuses : pour les malades bien sûr, mais aussi pour l'entourage. Il faut du temps pour s'en sortir, et de la persévérance... parfois même de la rage. Mais se battre vaut le coup, car on peut en guérir, et, de plus, sans séquelle ! Dans cette épreuve, on apprend aussi à se connaître. Maladies du siècle pour certains, les TCA sont plus fréquents qu'il y a vingt ans. On les comprend mieux depuis peu et c'est heureux ; pourtant nombre d'erreurs sont encore commises, qui retardent la prise en charge et éloignent la guérison.

Le traitement est long et douloureux, mais on guérit

Le traitement des TCA est une épreuve pour tout le monde : la malade, la famille, les amis et même les thérapeutes. Rompre avec la maladie déstabilise les malades : leurs peurs et leurs angoisses sont réactivées. Comme elles se sentent seules au monde, incomprises, nulles, et coupables ! Les scientifiques ont appris ces dix dernières années que ces troubles sont comme une drogue. Sortir d'une telle prison est difficile... Car la liberté fait peur aussi ! Le monde du dehors a tellement changé !

Une prison terne

Les TCA sont une prison où la malade est retenue en otage. C'est la dépression qui l'attend à la sortie.

Alors quel traitement ?

Le traitement doit jouer sur bien des facteurs. La prise en charge doit être personnalisée et multiple. C'est un véritable contrat de confiance entre thérapeute, malade et entourage. Plus qu'un « contrat de poids » fondé sur l'isolement (qui n'est qu'un enfermement de plus), il faut instaurer un véritable dialogue. Il est révolu, le temps où s'opposaient psychanalystes et nutritionnistes. Chacun a un rôle : la malade avant tout, la famille et les proches, le médecin nutritionniste et le psychiatre, le diététicien... Nul n'a la clé. Nul n'est omnipotent. Le corps de la victime des TCA doit être retrouvé, mais la tête doit suivre. Il faut se donner du poids, dans la tête comme dans le corps. Un poids normal, c'est un corps qui fonctionne sans contrainte et que l'autre regarde sans méfiance. Les cheminements inconscients doivent être mieux perçus. L'alimentation doit alors être réapprise, à la fois plus souple et mieux gérée. Le traitement de ces maladies est donc multifactoriel : diététique*, nutritionnel, comportemental et psychothérapeutique. C'est la revalorisation de soi qu'on joue. Il faut travailler tous ensemble pour que l'avenir s'ouvre enfin à ces malades dont on a tu la souffrance trop longtemps, pour ne garder d'elles qu'une image en forme de condamnation.

Les TCA s'inscrivent dans un idéal social, dans une histoire familiale et dans un mal-être personnel. La volonté féroce de suivre un régime hypocalorique* précipite certaines personnes dans ces troubles dont la guérison passe par un traitement multifactoriel.

Comment naît un TCA ?

Une « jeune fille qui doute d'elle et des autres », une société « permissive », un entourage « hors de portée », et un terrain génétique peut-être, favorisent la naissance d'un TCA.

Un facteur peut en cacher un autre

Il faut en finir avec les explications réductrices et culpabilisantes : mère surprotectrice, père absent, malade immature, désir de mort... Finie aussi l'époque où l'on croyait la société entièrement coupable de ses anorexies*. À l'heure actuelle, on recherche encore les mécanismes qui favorisent l'éclosion et le développement des TCA. On sait qu'il existe des mécanismes métaboliques*, nutritionnels* et comportementaux, qui permettent à la maladie de s'installer et de se renforcer, et piègent la personne qui y est entrée.

La génétique de la dépendance : ce que l'on sait

Les TCA sont des maladies aux multiples facettes, où l'environnement, la physiologie de la nutrition (comment notre corps se nourrit), l'état nutritionnel (de quoi notre corps est composé, ce qu'il perd lorsque nous maigrissons), le contexte et les caractéristiques psychiques, tous ces facteurs s'entremêlent étroitement. Il n'y a pas de gène de l'anorexie ni de la boulimie*, mais il existe peut-être une prédisposition génétique aux conduites d'addiction* (de dépendance). Les transporteurs ou les effecteurs des substances addictives, responsables de nos plaisirs archaïques et de notre excitation, sont plus actifs dans certaines familles. Ces substances, endorphine*, sérotonine et dopamine, pour ne citer qu'elles, amplifient notre réponse aux émotions ou aux excitations. Or les TCA s'apparentent un peu à une dépendance : « *C'est comme une drogue* », disent nombre de malades prises dans l'engrenage du jeûne, de la crise de boulimie ou de

Régime, quand tu nous tiens

Environ 70 % des malades anorexiques ou boulimiques sont entrés dans la maladie à la suite d'un régime amaigrissant.

l'hyperactivité physique. « *Je lutte tout le temps, mais je ne peux pas m'en passer.* » Le reste est affaire de société, de rencontre, de fonctionnement mental, de conduites parentales…

Le comportement se fige… et l'Araignée tisse sa toile

La société valorise les minces, l'entourage paraît si difficile à atteindre. Julie a tant de doutes sur elle-même que le régime paraît une solution à tous ses maux. Les premiers kilos sont perdus. L'« Araignée » anorexie s'éveille ! Déjà Julie s'est prise dans la toile. Plus la proie bouge, plus la toile se resserre. C'est si facile de perdre du poids. Les copines l'envient. Et Julie se dit : « *Pourquoi pas deux kilos de plus ?* » Et l'Araignée, enjôleuse, susurre : « *Bravo. Surtout, ne lâche pas. Si tu abandonnes ton régime, tu vas regrossir. Et peut-être ne plus t'arrêter !* » La peur vient. La faim* est là aussi, avec ce régime à suivre et ces tentations à chaque coin de rue. « *Je ne m'accorderai cette glace que si je me suis beaucoup dépensée.* » Et Julie ne sait plus : combien de calories* a-t-elle vraiment dépensées ? Combien en a-t-elle vraiment évité ? « *Je vais prendre de l'avance* », se dit-elle, et la toile se resserre encore ! Et avec elle, il y a de la vie qui s'en va, de l'envie qui se perd. Julie maigrit et ses copines la trouvent bizarre, les copains s'écartent, la conspiration du silence s'installe. Julie le voit bien. Se sentant impuissante, elle rejette tous ces gens insignifiants qui ne la comprennent pas. Étrange, elle devient étrangère. Rejetée, elle se mure dans le silence. Le regard de l'autre se fait plus lourd et Julie, qui ne rêvait que d'exister, ne pense plus qu'à fondre, pour ne pas être vue ! L'Araignée a tendu sa toile et la malade, fière d'elle-même au début, s'aperçoit, trop tard, qu'elle est prise au piège !

Une drogue

Plus de 90 % des malades atteints d'anorexie et près de 98 % des boulimiques affirment que leur maladie est comme une drogue pour eux.

L'anorexie mentale et la boulimie ne sont ni une fatalité génétique ni une maladie psychiatrique incurable. Il s'agit de troubles du comportement.

Trois facteurs à l'origine des TCA

Pour que se développe un TCA, il faut la réunion de trois facteurs : la pression sociale, des rapports distants avec les proches et, enfin, le manque de confiance en soi.

Un corps parfait

Articles sur la diététique* dans les magazines, émissions télévisées sur l'obésité, « Les secrets du régime » du dernier mannequin en vogue, « Perdre 6 kg d'ici l'été »… Ces accroches nous séduisent, alors que se maintenir à un poids modèle est hors de portée pour beaucoup d'entre nous. Il se crée, hélas, des clubs d'adolescentes où l'on n'entre pas si l'on passe les 50 kg pour 1,65 m ! Une véritable pression sociale s'exerce sur la forme, le poids et l'alimentation : graisses meurtrières, produits allégés, édulcorants et sucrettes, sculpture d'un corps trop mou, d'un ventre trop gros, « body building » ou « body sculpt »... Ce culte du corps maîtrisé, c'est très « tendance », on s'y engouffre. Mais en y entrant, on ouvre la porte à l'anorexie* et à la boulimie* !

À côté du corps « à façon », la société nous décline aussi un discours sur la maîtrise : maîtrise de l'environnement et maîtrise de soi. Tout doit se contrôler, du ventre plat aux bourrelets de graisse !

Manger, c'est dangereux

Un autre facteur porte sa part de responsabilité. Depuis quelques années, l'alimentation fait peur : vache folle, listériose, salmonelles, fièvre aphteuse… mais aussi dioxine, nitrates, veau aux hormones. Les gens s'ennuient, les médias cherchent des sujets. Notre alimentation fait vendre. On entend dire des choses terribles, et terriblement fausses : « Notre santé menacée » – faux, elle ne l'a jamais été moins. « Le panier de la ménagère empoisonné » – faux, il n'a jamais été aussi surveillé. « La viande assassine » – faux, nombreuses sont les viandes à risque quasi nul. Malheureusement, ces articles accrocheurs, accusateurs inquiètent beaucoup de consommateurs qui découvrent des dangers qu'ils croient nouveaux, parce qu'ils les ignoraient. Qui sait que la listéria, bactérie qui contamine certains aliments, tue moins de 50 personnes par an en France, alors qu'elle en tuait 400 il y a vingt ans, et que les accidents de la route en tuent 8 000 et le tabac 60 000 ? Face à cette suspicion alimentaire, certaines adolescentes inquiètes, anxieuses d'un avenir qu'elles ne maîtrisent pas, tombent dans les TCA. Et 5 % des anorexiques graves meurent... soit près de 700 morts par an !

Tous et toutes concernés

Aujourd'hui, l'anorexie mentale n'est plus une maladie qui ne frappe que des jeunes filles intelligentes et de milieu aisé. Tout le monde peut être concerné.

Un entourage hors de portée

C'est le deuxième élément responsable du développement d'un TCA. La malade a le sentiment qu'elle ne comptera jamais assez pour la personne désirée. Il peut s'agir d'un proche disparu, d'un petit ami parti, d'une mère loin de sa fille, d'un père trop occupé ou ayant des difficultés à communiquer avec son enfant...

Un manque de confiance en soi

Ce facteur est toujours présent, même si la patiente anorexique semble défier la terre entière et n'en faire qu'à sa tête ! Elle n'a au fond que bien peu de confiance en elle, malgré son opposition violente et son assurance affichée, malgré sa détermination poussée jusqu'à l'extrême limite. Elle n'est jamais sereine et se sent terriblement seule. C'est cette solitude qui rend compte de son obstination à ne pas se voir malade. L'anorexie mentale n'est pas un « projet de mincir » pour être plus séduisante.

Apanage des pays riches, les TCA témoignent de la recherche de la perfection stylisée de l'apparence, face à un manque de confiance qui, peu à peu, éloigne les malades de leur entourage (et des médecins).

À l'ombre de l'anorexie mentale

Les personnes atteintes d'un TCA ont chacune leur histoire et leur personnalité, mais la maladie, elle, progresse toujours de la même façon !

Et le comportement se fige

On entre tout doucement dans l'anorexie* mentale ou la boulimie*. Ça ne fait pas mal. La jeune fille s'y sent bien au début. Qui en effet s'opposerait sérieusement à ce projet raisonnable de perdre quelques kilos ? Elle travaille beaucoup, elle est exigeante et trouve dans ce projet minceur la reconnaissance à laquelle elle aspire. L'Araignée va frapper. L'adolescente pèse 58 kg pour 1,70 m. « *À 50 kg, j'arrête mon régime.* » Mais à 50 kg, elle se dit : « *Pourquoi pas 48 kg, ce n'est pas si loin !* » Comme elle l'aime, cette sensation d'arriver à quelque chose, d'être enviée. Alors pourquoi s'arrêter ? Un petit défi en appelle un autre : « *Et si je retirais les féculents ? Et le beurre ?* » L'Araignée, sa seule véritable amie, lui chuchote des propos bien raisonnables : « *Encore un kilo* », « *et si tu sautais le déjeuner* », « *pour la cellulite, rien de mieux que le sport* »…

L'amie Araignée est exigeante !

Il n'est plus question de sortir, de faillir, de se laisser aller. En faire toujours plus, et toujours moins pour soi. L'adolescente est prise dans la toile d'Araignée. Moins d'amies et le régime plus sévère, moins de sorties au cinéma et plus d'activité physique. Et l'Araignée est exclusive. Fini, la famille qui ne comprend rien, les copines si futiles, les copains trop câlins. Elle ne sait même plus pourquoi elle le fait.

L'ivresse du jeûne

L'anorexie mentale n'est possible que chez les personnes pour qui le régime hypocalorique* déclenche un état de satisfaction sensoriel ou émotionnel.

Mais l'organisme commence à souffrir

En dessous d'un certain poids, les règles menstruelles disparaissent, faute d'hormones* féminines. Et le désir avec. La peau devient sèche. Le gros intestin se contracte moins bien, et le ventre ballonne. La constipation s'installe. Ce n'est pas agréable. Et puis, il y a toute cette nourriture qui pourrit à l'intérieur. L'estomac, quant à lui, se contracte avec moins de force, les aliments s'évacuent moins bien. Il devient difficile de digérer et donc douloureux de s'alimenter : « *Tant mieux : qui s'en plaindrait ! Surtout avec ce gros ventre qui te reste. Si tu prenais des laxatifs ? Et bois beaucoup, ça te fera éliminer* », ajoute l'Araignée. Parfois, devant l'organisme qui réclame, la jeune fille a peur de craquer. Alors, elle verrouille tout : petits rituels puis grandes obsessions, dissimulations, hyperactivité physique… Avec la dissimulation vient la culpabilité : pourquoi fait-elle aussi du mal à ses parents ?

L'anorexie-boulimie

Environ une malade anorexique sur quatre vomit ou fait des crises de boulimie.

Le vomissement referme le piège

Chez certaines, la faim* est la plus forte. Le manque de calories* se fait trop présent. Cette faim leur fait peur. L'idée du vomissement vient, du fait d'une copine, d'un membre de la famille, du hasard… Le piège vient de se refermer. Car pour vomir, il faut manger. Et si l'on mange et qu'on vomit après, alors on peut manger beaucoup ! Pire : c'est plus facile de vomir, si l'on a mangé beaucoup.
Pour d'autres, c'est différent. Le jeûne est trop difficile. Alors vient la crise : un petit bout de fromage, puis un gros bout de pain, puis encore ce petit bout de fromage, puis un peu de glace, et cette tranche de jambon, et le reste de pâtes dans la poubelle… Elles en deviennent folles. Elles voient bien qu'elles ne maîtrisent plus rien, elles voudraient s'arrêter. Mais la machine est emballée, tout devient noir, obscur, fou, terrifiant, dégoûtant, sale. À qui donc pourraient-elles confier cette honte qui les submerge parfois, au-dessus de la cuvette des toilettes ?

L'anorexie mentale est un cercle vicieux où tout contribue à aggraver la situation, à commencer par les éléments physiologiques. Il arrive un moment où il est très difficile de reculer, tant du point de vue physiologique que psychologique ou comportemental.

Les nutriments : la base de notre alimentation

Se nourrir, c'est couvrir ses besoins en énergie. C'est aussi assurer le renouvellement de toutes les substances chimiques dont le corps a besoin et qu'il ne sait pas fabriquer. C'est la base physiologique de la nutrition.

Je mange, tu manges, mais pourquoi ?

La réponse paraît simple : j'ai faim*, c'est pour ça que je mange ! En réalité, elle ne l'est pas. On mange pour couvrir ses besoins nutritifs. On a faim, parce que notre corps sent qu'il a des manques. Le manque de calories* par exemple : ma jauge indique que le réservoir est vide, un voyant (la faim) me dit que je manque de carburant ! Chacun d'entre nous garde à l'esprit ce creux qu'il ressent du côté de l'estomac après un gros effort, cette envie de boire lorsqu'il fait chaud. Il a faim parce qu'il a épuisé ses réserves de sucre, il a soif parce qu'il manque d'eau. Oui, certes. Mais nos besoins alimentaires sont loin de n'être que nutritionnels*, ou qu'une demande d'énergie. Ce que nous trouvons autour d'une table, entre amis, collègues, ou en famille, dépasse de loin la couverture des besoins en vitamines ou en énergie. Ce que nous demandons aux aliments n'est pas seulement de couvrir un certain pourcentage de nos dépenses ! Imaginons une seconde l'humanité réduite à se nourrir de gélules nutritives... Sans compter qu'il en faudrait beaucoup : une gélule contient moins d'un gramme de produit sec et notre corps nécessite environ 400 g de nutriments par jour ! Un autre fait est bien troublant : comment l'organisme connaît-il nos besoins en vitamine C, en calcium* ou en

Dans nos aliments

Il y a des nutriments et bien d'autres substances. Certaines peuvent être utiles (conservateurs), d'autres neutres ou inutiles.

fer*, pour n'en citer que trois ? La réponse est claire, indiscutable... mais incroyable. Il ne les connaît pas, ou très mal, et ne régule pas les ingesta (ce que l'on ingère, c'est-à-dire ce que l'on mange) en fonction d'un éventuel déficit ou excès ! Il n'en reste pas moins que les organismes vivants régulent, avec assez de précision, leurs apports énergétiques en fonction de ce qu'ils dépensent.

À toutes fins utiles

Le rendement de ce que nous mangeons est formidable : plus de 90 % est absorbé par l'intestin. Moins de 2 % est utilisé pour le travail de digestion.

Les besoins énergétiques : comme une banque

Chaque jour, chaque minute, chaque seconde même, nous dépensons de l'énergie, nous brûlons des calories pour faire fonctionner l'organisme. Pas seulement pour marcher ! Pour transmettre les informations internes, pour renouveler les structures... Le corps est une gigantesque entreprise. C'est un peu comme une banque : il a fallu la construire, ce qui a coûté de l'argent. Il faut la faire fonctionner : eau, électricité, ordinateurs, papier, employés. On dépense de l'énergie pour le maintien de la vie et des structures, pour toutes les tâches vitales : travail mécanique (se déplacer, mais aussi faire se contracter l'estomac ou la vessie), travail électrique (influx nerveux), travail chimique (transformation d'une substance en une autre), travail thermique (garder notre température interne constante). Or l'organisme ne sait pas fabriquer l'énergie. Il peut juste récupérer l'énergie contenue dans les aliments. Ce sont les macronutriments* qui la lui fournissent. Comme une banque qui ne vit que de l'argent qu'on lui apporte. Schématiquement, ce sont les muscles et les viscères (cerveau, foie, tube digestif, reins, rate, poumons...) qui ont les plus gros besoins en énergie. Même lorsque le sujet ne fait rien, il brûle des calories : un adulte de 70 kg allongé sur un lit sans bouger 24 h sur 24 brûle environ 1 500 kilocalories par jour (kcal/j) ! Car même lorsque nous dormons, notre corps travaille : notre foie transforme les nutriments, nos cellules se reconstituent, notre tube digestif fonctionne. Entretenir la vie en nous coûte cher : nous portons plus de 200 milliards de cellules, bien plus que la population de la Terre !

Les « pilotes » physiologiques de notre alimentation sont les besoins en énergie et en eau. Nos besoins vitaux en énergie, hors activité, sont énormes : 1 300 à 1 800 kcal par jour.

Les différents nutriments

Notre corps trouve dans nos aliments les constituants dont il a besoin : les nutriments. Les besoins sont variables : « grands » pour les macronutriments, et « petits » pour les micronutriments.

Les nutriments : briques et carburants

Les nutriments sont les substances chimiques contenues dans nos aliments et ils participent au maintien de notre état actuel ou à la croissance. Trois macronutriments* sont « obligatoires » : les protides*, les glucides* et les lipides*. Un est facultatif : l'alcool. En termes énergétiques, glucides et protides donnent à l'organisme 4 kilocalories (kcal) par gramme (g), l'alcool 7 kcal/g et les lipides 9 kcal/g. Pour chaque macronutriment, il y a des besoins quantitatifs et qualitatifs. Les besoins quantitatifs dépendent du poids de l'individu et de ses dépenses physiques. Les micronutriments sont des substances contenues à l'état de traces dans notre alimentation.

Les différents macronutriments

Les protides (ou protéines) sont les matériaux de construction. Notre corps contient des milliers de protéines différentes. Ce sont les murs et les portes de nos muscles et viscères. Elles servent également à la signalétique, à la défense, aux travaux de transformation (transcription, enzymes) et à la transmission de l'information : nombre d'hormones*, de neuromédiateurs*, de récepteurs cellulaires sont des protéines. D'autres protéines ont un rôle de « porteur » pour des hormones, des vitamines et des médicaments.

Les lipides sont une réserve d'énergie et des matériaux isolants : isolants mécaniques, thermiques et électriques. Lipides et protides sont les constituants de nos membranes cellulaires. Les lipides assurent la protection de la cellule face au milieu environnant. Les acides gras qui recouvrent la peau la rendent imperméable et « glissante ». Le tissu adipeux sous la peau lui donne sa souplesse, amortit les chocs et limite l'entrée du froid ou de la chaleur excessive. Sans cela, le muscle serait à nu et blessé par le moindre frottement. Les lipides des membranes cellulaires permettent la circulation du courant électrique sans fuite. Sans eux, il ne pourrait y avoir ni influx nerveux, ni commande, ni contraction musculaire.

Les glucides sont le carburant le plus vite disponible et le plus facile à utiliser. Il existe des dizaines de glucides alimentaires. Les sucres simples, de petite taille, sont vite et entièrement absorbés par l'intestin : c'est pourquoi on les appelle « sucres rapides ». Citons le saccharose (sucre de table), le lactose (sucre du lait) et le glucose. D'autres glucides, complexes, sont de grande taille : l'amidon est constitué de centaines de molécules de glucose. Parmi ces sucres dits « lents », les fibres alimentaires ont une place à part. Elles assurent la régulation du transit intestinal et du métabolisme du cholestérol. Notre organisme a aussi des besoins qualitatifs : il ne peut fabriquer certains des macronutriments qui lui sont indispensables.

Le poids fait varier les besoins

Nos besoins journaliers sont fonction de notre poids. Protides : 1 g/kg de poids corporel, lipides : 1 à 1,3 g/kg, glucides : 4 à 5 g/kg.

Les différents micronutriments

Nos besoins quotidiens en sont faibles : quelques milligrammes (iode, zinc) à quelques grammes (sodium, potassium). Il en existe une trentaine d'utilité reconnue. On distingue les minéraux – sodium (le sel), potassium, calcium*, magnésium, phosphore –, les oligo-éléments – fer*, zinc, iode –, les vitamines, corps chimiques plus complexes, qui sont codées par des lettres : vitamines A, B (B1 à B12), C, D, E, K, PP… Certaines sont solubles dans l'eau, d'autres contenues exclusivement dans les graisses alimentaires (vitamines A, D, E et K). Les micronutriments sont essentiels à de multiples fonctions dans l'organisme : ils sont un peu les boutons du clavier de l'ordinateur.

Les aliments contiennent trois macronutriments et une trentaine de micronutriments. Aucun aliment n'est complet. Chaque nutriment a une fonction bien particulière : même les graisses, qui nous font tellement peur.

Mais pourquoi mange-t-on, en fait ?

L'acte de manger doit suivre trois phases bien intégrées : il doit avoir un début (être entamé), un milieu (être poursuivi autant qu'il est nécessaire) et une fin (être arrêté lorsque le besoin est comblé). Quelle merveille d'organisation !

Entrée libre

Pour la quasi-totalité des nutriments, y compris les essentiels (protéines*, calcium*...), nous n'avons aucune jauge de niveau consciente : les entrées n'en sont pas régulées.

Nos réserves inconnues

L'idée que nous mangeons selon nos besoins est une idée fausse.
L'idéal, en effet, serait de réagir avec précision à l'état des réserves de notre corps en chacun des nutriments. Mais nous sommes comme un gérant de supermarché qui ne saurait pas ce qu'il a dans ses stocks ! Ainsi, un homme de 150 kg a faim* dès qu'il se met au régime, alors même qu'il a en réserve des centaines de milliers de calories*. Nous pilotons peu de choses en fait : un peu le besoin de calories, de sucre, d'eau et de sel. Une régulation existe néanmoins.

Une régulation évolutive et intégrée

On distingue, lors de la prise alimentaire, trois phases successives :
– **la phase pré-ingestive** : avant le repas. Le sujet a faim : il éveille son attention à la nourriture. Pour un lion qui a faim, l'antilope devient un steak en puissance. L'animal ou l'homme anticipe (que vais-je manger ?), calcule (comment vais-je m'y prendre ?), agit (il chasse, cueille, achète, cuisine...). Enfin, il prépare sa digestion : il salive, son estomac se contracte... déjà avant le repas !
– **la phase ingestive** : pendant le repas. En mangeant, le sujet stimule ses sens : odorat, goût...

Il y a aussi des effets digestifs et métaboliques : l'estomac se remplit et se relâche, des hormones* digestives sont libérées, le sucre entre dans l'organisme... Les capteurs envoient des messagers avertir le cerveau (l'hypothalamus* précisément). Celui-ci diminue les signaux de faim et autorise des pensées non alimentaires : les convives n'ont plus le nez dans leur assiette, ils se mettent à parler… et à mâcher moins vite.

– **la phase post-ingestive** : après le repas. Elle est centrée sur les effets digestifs du repas (la sensation d'être « plein » par exemple) et métaboliques, mais aussi les effets neurosensoriels (comme le changement de l'humeur). Le sujet examine, consciemment ou non, les effets de son repas au travers de ses sensations corporelles, et les analyse en fonction de ce qu'il connaît (les repas passés).

Sensations trompeuses

Les sensations digestives qui indiquent notre état nutritionnel* ne sont pas spécifiques : l'angoisse ou une maladie peuvent les simuler.

Les messagers de nos besoins

De nombreuses substances informent le « centre » de la faim (l'hypothalamus). Elles proviennent des aliments ou de notre corps (les hormones, par exemple). Le jeûne induit un manque de carburant (glucose) ; les cellules, en manque, envoient des signaux d'alerte : le sujet se sent fatigué, mal. Le « centre » déclenche alors des symptômes qui donnent envie de manger : le creux à l'estomac (lié à un changement de pression gastrique) ou le gargouillement intestinal expriment notre faim. Pendant le repas, le sucre des aliments remonte le niveau de glucose et un bien-être en découle.

L'hypothalamus traite, par l'intermédiaire de messagers cérébraux (neuromédiateurs* ou hormones), des informations de nature diverse : irritabilité et angoisse, faim et rassasiement*, plaisir et dégoût, envie et manque. Intervient aussi la « mémoire ». Les messages arrivés à l'hypothalamus lors des repas précédents « donnent le la » : un rat soumis à un régime restrictif pendant huit jours mangera ensuite plus qu'avant le régime, jusqu'à ce qu'il retrouve son poids.

L'hypothalamus pilote l'éveil à l'acte alimentaire (la faim) et son arrêt (le rassasiement). Il reçoit des informations du cerveau et du reste du corps. Il envoie des messages d'envie (appétit, désir, plaisir) et d'autres de rejet (dégoût, réplétion gastrique). Et au final, le poids reste stable.

Dans l'alimentation, tout est appris

Dans notre monde de consommation, nous ne mangeons plus seulement par faim, mais parce que c'est l'heure, parce que les autres le font. Tout est appris : la « recherche » de nourriture, la préparation, l'ordre des plats et nos aliments eux-mêmes.

À table, c'est l'heure

Rien n'est naturel. Les aliments que nous mangeons, la manière dont nous les mangeons (crus ou cuits), l'heure du repas, l'ordre des plats, tout est inscrit dans notre culture, notre religion, nos conduites familiales et nos expériences personnelles. C'est en répétant les repas que nous apprenons ce qui nous rassasie, ce qui nous convient et ce qui ne nous réussit pas. Nous y apprenons aussi à avoir faim* à telle heure et non à une autre. Cependant, à l'origine, la faim n'est ni préréglée, ni immuable. C'est cette souplesse qui rend compte de l'extraordinaire plasticité de notre comportement alimentaire. La nature a prévu que nous soyons adaptables, plutôt que de figer des besoins nutritionnels* complexes. Les personnes atteintes de TCA ont perdu cette adaptabilité.

Sucre et lait

Beaucoup de personnes originaires d'Afrique noire, par exemple, manquent d'une enzyme* digestive qui sépare en deux le sucre du lait (le lactose) et permet ainsi son assimilation par l'intestin. L'ingestion de lait leur provoquant des diarrhées, ces populations rejettent les laitages.

Les pratiques alimentaires

Nous inscrivons nos comportements et conduites alimentaires dans l'histoire sociale et familiale : le « *mange ta soupe, ça fait grandir* » n'a aucun sens. La soupe ne fait pas plus grandir que les carottes ne rendent aimables ! « *Ta grand-mère et moi, nous n'avons jamais pu supporter les œufs, c'est de famille* » est une assertion sans doute erronée (car ce n'est pas génétique), mais qui fige les comportements.

Facteurs individuels

Les expériences passées modifient notre alimentation. Une expérience désagréable (un vomissement juste après un aliment nouveau) fait rejeter pendant longtemps cet aliment. La personne dira : « *Cet aliment me rend malade.* » À l'inverse, une expérience fortement positive a tendance à être répétée. La personne fait inconsciemment la somme des effets désirables (c'est bon) et indésirables (ça me rend malade), et conclut : « *J'en remangerai bien* » ou « *je n'en prendrai plus jamais* ». Sa façon de s'investir dans l'alimentation compte. Un autre facteur crucial est la restriction alimentaire qu'elle s'impose ou non. Si elle fait un régime pour maigrir, son corps réclame. En effet, les capteurs de faim sont plus efficaces en cas de manque qu'en cas d'excès. Les cellules du corps envoient alors des messages au cerveau. Le cerveau, sollicité en permanence, déclenche le plan d'urgence. Tout est alors focalisé sur ce manque. Ainsi une boulimique qui vomit a de plus en plus besoin de faire ses crises au fil des repas sautés. Pour guérir d'une boulimie* (pour ne plus faire de crises), il faut faire de vrais repas.

Facteurs génétiques

Le capital génétique peut expliquer certains comportements alimentaires : un individu A transforme très vite l'alcool en une substance qui le rend moins anxieux, tandis que B le transforme rapidement en un dérivé qui induit des brûlures gastriques. La différence est génétique : ils n'ont pas le même capital enzymatique pour dégrader l'alcool. A peut devenir alcoolique, B non. Avec un capital enzymatique intermédiaire, C fera le bilan des effets négatifs et positifs. Si l'alcool lui tourne la tête mais que son comportement est valorisé par le groupe, il boira, même s'il a mal à la tête le lendemain.

Autre exemple : une personne qui brûle par nature beaucoup de calories*, même sans trop d'activité, se sentira valorisée de rester mince en mangeant beaucoup. Ce sera l'inverse pour celui qui a tendance à grossir et qui aura des difficultés face aux aliments.

> Notre capital génétique, notre culture, notre religion, notre histoire familiale et la société qui nous entoure dictent notre alimentation plus systématiquement encore que notre faim.

À qui profite le bien-manger ?

Nous apprenons à manger par plaisir, et pas seulement par plaisir alimentaire.

À l'aube de la vie

Il y a apprentissage. Mais un apprentissage optimal implique une relation forte entre celui qui apprend et celui qui enseigne. Tout commence dès la naissance. Le nourrisson ne peut se nourrir seul qu'à partir de sa deuxième année : avant, il dépend totalement de la mère. Il doit ressentir la faim* (le malaise lié à la baisse du taux de sucre dans le sang), se manifester (il pleure), et être compris (« *bébé a faim* », comprend sa mère). Enfin, il doit être nourri. Pour être sûr d'être nourri, il faut donc donner envie à l'autre de vous nourrir. Et être aimé n'est pas une si mauvaise stratégie ; le nourrisson s'y emploie avec vigueur. Il pleure par faim, sa mère paraît et il sourit.

Du manque au désir

Pour résumer, le bébé a un manque (la faim) et en souffre (il pleure). Sa mère arrive, sourit et donne du lait ; le bébé a du plaisir et sourit lui aussi. Avec la répétition, le bébé apprend deux choses : 1/ à anticiper : le manque devient supportable, puisqu'il sera remplacé par le plaisir ; 2/ manger éteint le plaisir... et le désir ! C'est parce qu'il sait que sa mère va revenir que le bébé va pouvoir : ne pas angoisser et faire naître le désir du manque (« *je souffre de faim, mais maman va venir et ce sera bon* »). C'est dans cette situation primitive et archaïque de dépendance que peut s'inscrire l'avidité alimentaire de certaines personnes (boulimie*, compulsions*), ou la peur d'être dépendant (anorexie* mentale).

Le « bien-manger »

Pour manger « bien », il faut que le repas soit permis, toléré et de bon goût.

Du désir à la peur

Faute d'avoir intégré (senti ou retenu) le plaisir d'être nourri, ou parce qu'il sent une angoisse chez celui qui le nourrit, l'enfant peut n'être plus tout à fait sûr que la séquence manque-désir-faim se répétera. Il doute et cherche, par angoisse, la répétition incessante de l'acte alimentaire ou s'installe au contraire dans le refus. Cela peut ne réapparaître qu'à l'adolescence, période où l'on cherche de nouveaux repères, et où la fille sent qu'elle devient femme, donc « nourrice » en puissance.

De l'appétit à la diversification et à la plasticité

La nature a prévu de faire confiance à l'apprentissage par les parents et à l'expérience, plutôt que de mettre en place des conduites alimentaires figées par des besoins nutritionnels* prédéterminés. Nous apprenons à couvrir nos besoins nutritionnels par nos désirs sensoriels et affectifs. Certaines hormones*, comme les amphétamines ou la morphine que nous sécrétons, ont un rôle sur notre humeur et nos sensations, et sur l'envie de manger : c'est que nous apprenons à manger par plaisir, et pas seulement par faim ; et que, ce faisant, nous nous donnons du plaisir. C'est cela qui rend l'acte de manger si riche (le partage), si souple (on peut tout changer), et si fragile (face à la maladie). Quand il y a carence alimentaire en calcium*, rien ne nous permet de la percevoir et donc de nous orienter vers les aliments riches en calcium. Nous l'apprenons : « *Tu devrais boire du lait, c'est bon pour la croissance.* » Au fond, ce n'est pas plus mal. Cet apprentissage « souple » des parents nous rend éminemment adaptables, dans tous les climats et dans toutes les situations. Mais il y faut de l'affectif (plaisir et amour), et c'est là que le système est fragile !

Aliments stimulateurs

L'endorphine* (qui calme la douleur) et l'amphétamine (qui stimule l'activité cérébrale et diminue le sommeil et la faim) sont des substances que notre corps peut fabriquer en réponse à certains stimuli, dont les aliments.

Il y a entre le parent nourrisseur et le nourri une relation complexe, réciproque, où chacun se nourrit de bien d'autres choses que de nutriments : odeurs, flaveurs, humeurs, contacts...

La piste comportementale : le cerveau et la raison

La mise en route d'un régime alimentaire restrictif conduit certaines personnes à des troubles du comportement, de l'humeur et du sommeil.

La piste nutritionnelle

On commence à comprendre dans quel contexte nutritionnel* apparaissent les TCA par le biais de certains facteurs essentiels. Le facteur principal est ce qu'on appelle la restriction cognitive. Que veut dire ce terme ? C'est la décision, consciente et raisonnée, de se mettre à un régime alimentaire restrictif pour maigrir. La personne dit : « *Je devrais me mettre au régime : je suis trop grosse.* » Au début, c'est donc une pensée qui s'inscrit dans la raison : « *Je dois* », « *il faut* ». Tout au plus, la personne répond à un mal-être indéfinissable. Parfois elle a, en effet, quelques kilos de trop, parfois non. La difficulté vient du fait que le corps n'a ressenti aucun inconfort réel dû au poids actuel. La décision ne lui appartient pas, il la subit. Dès lors, deux cas de figure peuvent se produire : sentiment de maîtrise ou sentiment de malaise.

Premier cas : la restriction donne à la malade qui n'avait pas confiance en elle, un sentiment de puissance et de maîtrise, une sensation de bien-être et de fermeté qui la rassurent. Elle va se sentir bien, « dans la ligne », dans la norme, dans la morale ambiante. Elle va donc « s'accrocher » à cette sensation et poursuivre son jeûne. L'anorexie* mentale naît là, dans cette certitude du mieux (-être).

Deuxième cas : la restriction alimentaire donne à la malade un sentiment de malaise, une sensation de vide, de manque pénible. Elle va alors craquer. En plein régime, elle se jette sur un demi-paquet de gâteaux, se venge sur 100 g de gruyère. Face à cette crise, elle est tentée de renforcer sa volonté de maigrir et ses conduites restrictives, elle jeûne alors plus fort

Un rapport de cause à effet

Environ 10 % des personnes atteintes de compulsions alimentaires deviendront obèses. Près de 30 % des femmes obèses, sous perpétuel régime, deviendront compulsives.

ou plus longtemps. Mais la pensée obsédante de la nourriture se renforce. La crise de boulimie* ou de compulsion* n'est pas loin. Si elle cède de nouveau à une crise, elle va « se lâcher » plus fort, et donc chercher ensuite à se verrouiller encore plus fort : « *Comment pourrais-je maigrir tout en mangeant ? Une pilule ? Un vomissement ? Des laxatifs ? Le sport à outrance ?* » Et le cycle infernal est lancé.

Excitation contre émotion

Mais beaucoup d'autres facteurs sont à l'origine des TCA. Par exemple, une jeune fille en manque de confiance a peur d'exprimer ses émotions. Pour vaincre cette peur, elle cherche à supprimer les émotions… et donc les sensations. C'est ce qui fait que l'anorexique ne sent rien, ne se fatigue pas, a l'air indifférente à la souffrance d'autrui et à la sienne propre. À l'inverse, la jeune femme boulimique cherche à tout prix, dans la crise, l'excitation forte, violente et douloureuse qui lui fera oublier « son extrême fragilité et sa honte d'exister ».

Préméditation ou chute libre

Deux tiers des boulimiques organisent leurs crises, un tiers y sombrent de façon impulsive.

Impulsivité ou compulsion : urgence contre organisation

La honte, la culpabilité, la peur d'exister font émerger, chez la malade atteinte de TCA, la peur de sa propre violence, la crainte de sa colère et de son incapacité à résister à une pulsion. Incapable de faire face à la vie, à son désir, à son refus, l'anorexique organise sa journée autour de la lutte contre la faim* pour ne pas laisser son corps exprimer ses émotions. La boulimique, elle, a réfréné ses désirs, son envie de manger « à sa faim ». Cette répression, née de la culpabilité et de la difficulté à exprimer et faire valoir ses désirs, la pousse à la crise. Certaines, hyperimpulsives, sont incapables de résister sur l'heure. La crise est immédiate. D'autres y pensent dès le matin, mais elles tiennent jusqu'au soir : « *Ce sera encore meilleur* », même si la crise sera suivie, comme pour les autres, d'une intense culpabilité.

Le fait de se mettre à un régime amaigrissant conduit deux tiers des gens à des troubles très inconfortables, depuis les troubles de l'humeur jusqu'aux TCA.

La fréquence des TCA augmente-t-elle ?

Les TCA sont fréquents chez les jeunes, et en particulier chez les femmes (plus de 8 cas sur 10). Près de 5 % des femmes de 15 à 35 ans auraient une anorexie mentale ou une boulimie, et les compulsions seraient encore plus fréquentes.

De plus en plus de TCA

La fréquence des TCA s'accroît-elle ? Ce n'est pas sûr. Ce qui est certain, c'est que de plus en plus de personnes prennent conscience de leur trouble et en parlent. On peut estimer à au moins 100 000 le nombre de sujets atteints de TCA en France. Il n'est pas de semaine sans qu'un journal ou une émission de télévision titre sur le dernier régime qui fait maigrir.

Qui est touché ?

Les victimes de l'anorexie* mentale et de la boulimie* sont surtout les femmes, plutôt les adolescentes et les femmes de moins de 35 ans. La maladie commence tôt : 12 à 25 ans pour l'anorexie mentale, et 16 à 35 ans pour la boulimie. Parmi les femmes de 15 à 35 ans, 0,5 %

Le mammouth

Nos ancêtres devaient chasser le mammouth. Longue marche, creusement d'une fosse, course pour y faire tomber l'animal, mise à mort, dépeçage. Il fallait ensuite rapporter à la caverne, à pied, 4 tonnes de viande. Impossible ! on n'emportera donc que le meilleur. En plus, sans réfrigérateur, on en jettera une bonne quantité... Quel gâchis d'énergie, de calories* ! En l'an 2000, ce n'est plus la même chose. C'est même très exactement le contraire : liste de courses écrite vite fait, ascenseur arrivant directement au parking, voiture, parking, Caddie, tapis roulant et nous voici dans les immenses rayons du supermarché Mammouth. Et l'on peut déposer dans son Caddie plus de 50 000 calories pour une dépense de moins de 5 calories !

présenteraient une anorexie mentale, environ 3 à 5 % des femmes de 15 à 35 ans auraient une boulimie, et, enfin, 10 à 20 % des personnes en surpoids ou atteintes d'obésité souffriraient de compulsions* alimentaires ou d'un grignotage* incontrôlable. L'anorexie n'est plus du tout l'apanage de jeunes filles brillantes, issues de milieux favorisés et urbains. Non, anorexie et boulimie atteignent maintenant tous les milieux, des jeunes filles ou femmes de tous niveaux sociaux. L'idéal minceur, répercuté par les médias, frappe tout le monde. La fille très jeune peut être touchée, dès 8 ans.

Qui de la poule ou de l'œuf... ?

Plus il y a de régimes et d'instituts pour maigrir, et plus il y a d'obésité et de TCA.

Pourquoi la fréquence augmente-t-elle ?

Dans un monde où le tout alimentaire est possible – on peut manger de tout, à toute heure et presque à toute période de l'année – et à un coût modique, la tendance ne peut être qu'à la prise de poids. D'autant que tout est agencé pour nous faire manger, craquer, grignoter ! Ce monde a aussi réduit l'activité physique de tous les jours : voiture, transport en commun, ascenseur, immenses supermarchés « où tout est à portée de Caddie », machines-outils, robots ménagers...

Face à l'abondance d'aliments et à la réduction de nos activités physiques, on commence volontiers un petit régime, pas toujours parce qu'on est gros, mais parce que les gens autour de nous le disent. Gros, nous le devenons « potentiellement », et les effets de la restriction cognitive arrivent ! Notre société renforce aussi le souci de maîtrise. On se doit d'être parfait au regard de l'autre. Les grandes entreprises multinationales angoissent le consommateur, face à des produits alimentaires qu'il maîtrise de moins en moins. Les médias amplifient aussi le phénomène en diffusant des publicités pour des aliments ou des friandises aux moments clés, par exemple avant le repas de 20 h : « le » nouveau régime...

La femme jeune est de plus en plus soumise à la pression médiatique d'une société malade de son poids et de son inactivité physique. D'un côté, on crée des aliments nouveaux chaque jour, et de l'autre, on blâme ceux qui les mangent.

Pourquoi les adolescents et pourquoi les filles ?

L'adolescence est une période charnière, pendant laquelle les jeunes filles doivent quitter leurs repères d'antan pour s'offrir un corps adulte et sexué ainsi que l'alimentation adéquate.

Les jeunes filles avant tout

Près de 95 % des anorexiques sont des jeunes filles de 12 à 18 ans.

Pairs contre père et mère

L'adolescence est une période frontière durant laquelle tout est remis en question. Ce qui touche à l'enfance est rejeté par les pairs, les autres ados. On n'ose donc plus, face à eux, les câlins avec les parents ou les frères et sœurs. On abat ses repères d'enfant ! L'amour pour l'entourage doit s'exprimer autrement... ou être tu. C'est l'âge où le regard de l'autre pèse lourd. Est-on assez séduisant, puisque c'est si important ? A-t-on les cuisses qu'il faut, les muscles requis, le ventre assez plat ou que sais-je encore ? C'est à l'adolescence que l'on peut vouloir rejeter les modèles des parents, alors qu'au fond on en a besoin pour être reconnu (et aimé !).

Pourquoi les filles ?

La fille a un vrai problème à résoudre, sous les feux de ses pairs et des médias ! Elle doit devenir une femme séduisante, dynamique, maîtrisant totalement son corps et son avenir, parfaite professionnelle et mère de famille idéale. Or, à la puberté, entre 10 et 14 ans, son corps change beaucoup plus que

celui du garçon. Pour une taille équivalente, elle prend plus de poids et de tissu adipeux (de la masse grasse). Elle en a besoin pour acquérir les caractéristiques qui feront d'elle une femme.
Par rapport au garçon, son poids s'accroît plus vite que sa taille. Sur trois années, la quantité de son tissu adipeux augmente considérablement. Elle ne sera plus jamais – et c'est heureux – une petite fille filiforme. La femme a besoin d'un certain poids de tissu adipeux pour rendre matures (donc efficaces) ses hormones* féminines. En dessous de ce poids, la puberté est retardée, la production des hormones féminines se tarit.
De même, la répartition de ce tissu adipeux se modifie. Distribué sur l'ensemble du corps pendant l'enfance, il se localise préférentiellement à partir de la puberté dans les zones sensibles aux hormones féminines : le ventre, les fesses, les cuisses (constituant des réserves énergétiques bien proches du futur bébé). En fait, le tissu adipeux rend fonctionnelles les hormones féminines qui, en retour, modifient sa répartition. Et c'est au travers de ces nécessités physiologiques que certains marchands, à des fins lucratives, orchestrent les peurs : « Comment rester mince ? », « comment perdre son ventre, ses fesses, ses cuisses ? »...

La répartition graisseuse

Entre 12 et 18 ans, la jeune fille prend 6 à 8 kg, dont la moitié dans les cuisses, les fesses et le ventre : c'est incontournable.

L'adolescente cherche ses propres repères, notamment de poids et de comportement alimentaire, face à ses parents. Cette remise en question peut donner le sentiment de perdre tout contrôle, en particulier face à l'alimentation, chez la fille qui voit son corps changer : elle prend du poids, du tissu adipeux et des formes qu'elle n'a jamais connus.

Et le garçon, est-il à l'abri ?

En fait, le garçon est protégé, mais pas à l'abri. L'évolution actuelle vers l'image sociale d'un homme au corps sculpté, maîtrisé, message amplifié par les médias, risque de faire émerger des TCA chez l'adolescent et l'homme jeune.
Assez curieusement, il ne semble pas exister de différence entre l'anorexie* ou la boulimie* du garçon et celles de la fille. Les facteurs en cause, l'évolution et le pronostic n'en sont pas différents. De même, l'idée que l'anorexie mentale du garçon viendrait d'une homosexualité refoulée est une idée fausse : il n'y a pas plus de tendances homosexuelles chez le garçon anorexique que chez les autres adolescents.

Anorexie mentale et boulimie : comment les repérer ?

Facilement pour peu que l'on veuille bien regarder la réalité en face.

Une souffrance de longue haleine

Dans 8 cas sur 10, la boulimie n'est repérée qu'après quatre ans d'évolution.

Une femme fantôme

Repérer l'anorexie* est facile. La jeune fille est maigre. Toujours un peu plus. Et ce n'est pas une politique de séduction : elle est mal dans sa peau. Elle s'isole : moins de copines, plus de devoirs, moins de poids, plus de travail. Elle s'agite. Mais ce n'est pas une hyperactivité physique saine, enjouée et conviviale. Non, c'est une drogue, quelque chose qu'elle doit faire, et seule, « *sinon, je me sens mal* » dira-t-elle. Son but : brûler des calories* et maigrir un peu plus. Fait évocateur, elle banalise la situation : « *Mais je ne suis pas maigre* », « *les autres sont plus minces que moi* ». Ce n'est pas pour mentir, c'est son dernier argument. C'est tout ce qu'il lui reste. Plus elle maigrit, plus se renforce son comportement de restriction alimentaire. Moins de matières grasses, moins de féculents, finis les desserts, elle qui les aimait tant. D'ailleurs elle n'a pas faim*, elle a déjà mangé chez une copine, ou quelque part. Et puis, elle trie dans l'assiette, elle boit beaucoup. La peur s'installe... et les troubles de l'humeur avec. Le sommeil se perturbe, le repli s'accentue. Elle devient irritable ou se réfugie dans un silence sinistre qui pèse lourd sur l'ambiance familiale.

Les deux formes très différentes d'anorexie mentale

– **L'anorexie mentale restrictive,** où la malade maigrit uniquement parce qu'elle réduit son alimentation. Elle mange moins, exclut de plus en plus d'aliments : les graisses ajoutées, le sucre et les aliments sucrés, la viande... et bientôt des graisses qu'elle est la seule à voir !

Elle ne vomit pas et ne le fera jamais, ça la dégoûte.
– **L'anorexie-boulimie***, où la malade réduit son alimentation, mais ne le peut pas parfaitement, ou pas toujours. Alors, elle expérimente les vomissements. Au début, c'est difficile et elle les provoque (elle met les doigts dans la bouche, elle boit beaucoup, de l'eau tiède). Parfois, le processus est différent ; la malade jeûne, mais « craque », elle fait une crise de compulsion* ou de boulimie. Cet acte lui fait peur et déclenche un besoin de « s'en débarrasser ». Elle apprend alors à vomir. Et le cercle vicieux s'enclenche : puisqu'elle va vomir, elle peut manger. Elle peut même manger beaucoup… puisqu'elle va vomir ! Pire : pour être sûre de vomir, il faut manger beaucoup !
Les malades qui vomissent et les boulimiques partagent le même avenir médiocre : la malade « vomisseuse » peut devenir anorexique-boulimique ou boulimique à poids normal (ce qui est pire pour elle). Elle sombre dans des crises de boulimie infernales qui lui pourrissent la vie.

À bas sucres et graisses

Le rejet des matières grasses visibles et du sucre est observé chez plus de 98 % des anorexiques et plus de 90 % des boulimiques.

Symptômes de la boulimie

L'anorexique-boulimique quitte la table de plus en plus souvent pour aller vomir ; de la nourriture disparaît du réfrigérateur ou du placard ; on découvre des restes partout, cachés. La malade, quand elle mange, le fait de plus en plus vite, donnant l'impression de ne pas pouvoir s'arrêter. Elle maigrit, alors qu'elle mange à table « normalement ». (« *Vous voyez bien !* », dit-elle.) Son visage gonfle, alors que son corps s'amaigrit. Elle a honte et se sent coupable. Elle le cache, mais souhaite qu'on l'aide.
La boulimique, quant à elle, est une jeune femme de poids normal. Elle a entre 20 et 35 ans. Elle ne se met pas à table, a peur de manger, voire honte de le faire devant les autres. Elle trouve des excuses. Elle est soucieuse de tout, angoissée. En un mot, elle ne s'aime pas.
Chez l'anorexique-boulimique comme chez la boulimique, une caractéristique revient : leur humeur est instable, irritable et dépressive, et leur sommeil s'en ressent.

Diagnostiquer une anorexie mentale ou une boulimie est facile, pour peu qu'on veuille voir. Cela touche des jeunes filles plutôt tristes ou irritables, extrêmement préoccupées par leur poids et les régimes pour maigrir, alors que leur minceur ne le justifie pas.

Les signes cliniques

La malade anorexique n'est plus mince, elle est dénutrie, angoissée et malheureuse. Pour l'anorexie-boulimie et la boulimie, les signes cliniques sont moins évidents, mais existent malgré tout.

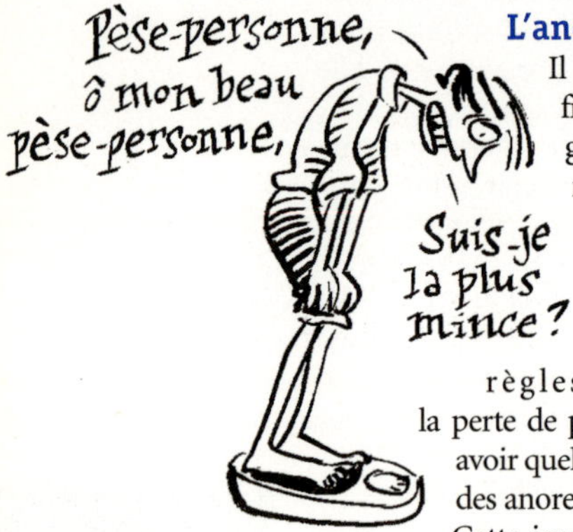

L'anorexie mentale restrictive

Il s'agit le plus souvent d'une jeune fille entre 13 et 25 ans. D'une maigreur inquiétante, elle refuse de manger à table, ou si peu. Elle ne maigrit pas pour séduire : elle s'isole, se rétracte (à tous points de vue). Elle n'a plus de vie sociale, plus de petit ami. Elle n'a plus ses règles non plus : parties avec la perte de poids. Parfois, sous pilule, elle peut avoir quelques pertes, minimes. Environ 90 % des anorexiques sont en aménorrhée*.

La balance, arme fatale ?

Plus d'une anorexique sur deux se pèse plus d'une fois par jour.

Cette jeune fille n'a plus qu'un seul projet, qu'elle tait soigneusement : elle veut perdre du poids pour exister, pour être différente, pour être remarquée. Elle n'a plus qu'une seule amie, à qui elle est totalement dévouée ; c'est son amie « fidèle », l'Araignée qui va tisser sa toile, l'anorexie*.
L'hyperactivité physique au sortir de table – pour aller promener le chien par exemple –, c'est l'Araignée ; le pain jeté sous la table, c'est elle qui l'y a contrainte ; l'insistance à se lever de table pour débarrasser, et ainsi ne plus manger ou recracher, c'est l'Araignée ; le besoin de faire manger les autres, c'est l'Araignée encore ; le travail qu'elle invoque tout le temps, « *pour ne pas…* » (ne pas sortir, ne pas manger...), c'est l'Araignée toujours. Au fil des semaines, la jeune fille se rigidifie ; elle mange de moins en moins, elle panique pour un kilo pris, même à 44 kg ou moins ; elle se pèse de plus en plus souvent (cachez la balance et vous verrez), deux, voire six fois par jour. Tout s'embrouille dans sa tête. Elle consomme des kilos de recettes « pour

maigrir », elle s'acharne parfois sur les calories*, compte, compte et recompte. Elle a le visage terne, émacié, triste, sans expression. Elle fuit toute émotion, toute rencontre, toute nouveauté. Sa peau est grise. Un fin duvet recouvre son corps comme une ultime tentative pour le protéger du froid. Elle n'est pas mince : elle est dénutrie. Alors le froid vient et envahit tout. Bientôt, elle ne se souviendra plus de ce qu'est la chaleur.

Une crise de boulimie

Elle peut faire « engloutir » entre 1 000 et 3 000 kcal. Dans 96 % des cas, le vomissement conclut la crise.

L'anorexie-boulimie

Elle touche également la jeune fille. Celle-ci est un peu moins maigre, mais à peine. Et surtout, elle vomit. Alors, si l'on fait attention, ça se voit. Elle maigrit, alors qu'elle semble manger à table. Elle va souvent aux toilettes (pour vomir) : pendant le repas, juste après. Elle cherche des « stratégies » pour le faire ou pour jeter la nourriture : à table, c'est toujours elle qui se lève pour courir répondre au téléphone, pour aller chercher quelque chose à la cuisine (curieux, avant, elle ne le faisait pas !). Comme l'anorexique restrictive, elle souffre aussi de dénutrition, même si elle est moins maigre.

Un fait frappe, lorsqu'on y prend garde. Elle a la figure un peu enflée, un peu soufflée. Sous les lobes des oreilles, les glandes parotides sont gonflées. Sous la mâchoire, les autres glandes salivaires aussi. Elle a parfois des œdèmes que les médecins n'expliquent pas. Tous ces signes sont en rapport avec les vomissements et les crises de boulimie*.

Maigreur, refus de manger, repli sur soi, c'est l'anorexie mentale. Manger et maigrir, c'est l'anorexie-boulimie. Difficulté à manger, souci de minceur face à l'instabilité mentale, c'est la boulimie. Et derrière chacune, toujours ce manque de confiance !

La boulimie

C'est une fille ou une femme jeune, de poids normal. Elle est un peu plus vieille que l'anorexique : plutôt 20-30 ans que 15-20 ans. Elle surveille sans arrêt son poids, son alimentation, sa silhouette, son activité physique. Elle ne peut s'en passer. Elle abuse de laxatifs, pour perdre du poids. Elle n'aime pas son corps : trop de graisse, trop de cellulite. Elle ne s'aime pas non plus, pas du tout ! Chez elle, la dénutrition est masquée. Les règles peuvent être présentes, surtout si la jeune femme prend la pilule.

Les caractéristiques mentales

Les malades atteintes de TCA partagent entre autres un manque de confiance, une peur de lâcher prise, une dépréciation de soi, des difficultés autour de la féminité et de la sexualité.

Des caractéristiques spécifiques

Beaucoup de malades atteintes d'anorexie* mentale ou de boulimie* partagent les mêmes caractéristiques. Il est rare que ces traits ne soient pas tous présents chez une même malade. Peur et angoisse dominent le tableau, quelle que soit l'assurance affichée. La peur de grossir tout d'abord. Facile à mettre en évidence : il suffit de proposer à la malade de peser un poids normal minimal ; le refus farouche qu'elle y oppose suffit à faire le diagnostic. La malade trouvera mille raisons : tout le monde n'a pas la même ossature ; les statistiques sont faites pour les autres ; elle a une activité physique plutôt importante (et c'est vrai au demeurant !) ; elle se sent parfaitement bien à ce poids (que les autres trouvent hallucinant de maigreur). La peur d'être grosse la fait se sentir, se voir grosse. Elle se trouve difforme, alors que les autres ne voient qu'un squelette. En fait, elle sait qu'elle n'est pas grosse. Mais elle se sent grosse, rien n'y fait ! Au fond, cette peur d'être gros, c'est la conviction de ne rien peser dans sa vie, vis-à-vis des autres et plus particulièrement de ceux qu'on aime.
Contre toute logique, la peur de ne pas s'arrêter de grossir, de devenir obèse, s'accroît au fil de l'amaigrissement. La peur de manger : plus la malade maigrit, plus elle a peur. Elle sent qu'elle « pourrait » lâcher et que, si elle lâchait, « *tout recommencerait* ». C'est cette peur qui lui fait cette tête sinistre ou fermée à table, qui la conduit à ces tris d'aliments parfois jusqu'au non-sens. L'angoisse de grossir, même en ne mangeant que trois fois rien, la pousse hors de table, pour débarrasser ou vomir. Bientôt elle ne se mettra même plus à table.

Entre excès et peur

L'excès de volonté de maîtrise et le souci de se montrer parfaite intéressent plus de 90 % des malades. La peur (et le refus) d'une sexualité épanouie touche près de 90 % des patientes.

Les dix caractéristiques mentales des malades atteintes de TCA

Elles ne sont pas spécifiques aux TCA. Mais leur analyse permet de faire progresser la malade vers la guérison.

– Le manque de confiance. Il est à l'origine des TCA. Il les renforce et sera renforcé par eux. C'est un des grands cercles vicieux de ces maladies. La malade doute de l'amour de l'autre, de ses propres capacités, de tout.

– L'excès de perfectionnisme*. Il confine vite à la maniaquerie, à l'obsession. Que tout soit parfait, immuable sinon on pourrait mal vous juger. Mais l'excès de perfectionnisme nuit à l'efficacité.

– Le besoin de tout maîtriser et la peur de « lâcher prise ». Le besoin de tout maîtriser vient de la peur de se laisser aller à des émotions ou des désirs indicibles.

– La perte de l'image de soi (difficultés à s'affirmer autrement que dans le refus). L'anorexique restrictive verrouille tout, ne s'autorise rien : pas une sortie, pas la moindre petite dépense pour soi, pas de désir, pas d'émotions, de sensations, d'aspiration profonde.

– Le rejet du désir associé à un sentiment de culpabilité très présent.

– Le rejet de l'image de la femme. Dans ce rejet, il y a celui de la séduction, d'être une femme, de faire l'amour.

– La difficulté d'expression verbale et émotionnelle (la difficulté d'introspection).

– La tendance à la dissimulation et à la méfiance vis-à-vis de l'autre. À force de ne rien s'autoriser, certaines boulimiques sombrent dans des pulsions incontrôlables : vols, alcool, frénésie sexuelle sans guère de plaisir.

– L'attachement excessif à l'un des parents.

– La peur de ne pas y arriver (à guérir, à vivre…). C'est la honte, le souci de ne pas faire de peine, la peur de lâcher « sa » maladie, qui poussent la malade à dissimuler.

Le manque de confiance, la peur de s'exprimer, dans tous les sens du terme, la honte ou l'angoisse vis-à-vis de son corps sont au cœur de ces maladies.

Les complications

Les complications des TCA sont nombreuses et parfois graves. Si la fréquence des décès diminue sensiblement, la dénutrition, la perte des règles, la déminéralisation osseuse restent souvent préoccupantes.

Les vomissements

Ils peuvent provoquer des hémorragies digestives, des ruptures d'estomac et des altérations du transit intestinal (constipation opiniâtre surtout).

Le décès

La gravité des TCA vient des complications qui en émaillent l'évolution. Le temps n'est pas si loin, où les services hospitaliers psychiatriques spécialisés dans la prise en charge de ces troubles rapportaient 10 % de décès après dix à quinze ans d'évolution. Ce n'est plus le cas heureusement, depuis que l'on prend en compte l'état nutritionnel*. Dans notre statistique, sur 487 malades atteints d'anorexie* mentale restrictive ou d'anorexie-boulimie* suivis plus de huit ans, il y a eu 7 décès (1,4 %). Deux malades étaient anorexiques restrictives : elles sont mortes de dénutrition grave. Cinq étaient anorexiques-boulimiques : elles se sont suicidées. Seule une approche nutritionnelle rigoureuse nous a permis de tels résultats. Tout malade atteint de TCA et fortement dénutri doit, comme tout autre malade dénutri, bénéficier des techniques d'assistance nutritionnelle.

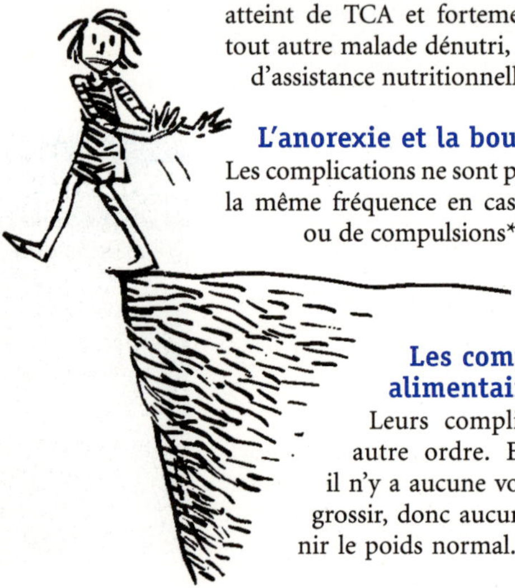

L'anorexie et la boulimie

Les complications ne sont pas les mêmes ou n'ont pas la même fréquence en cas d'anorexie, de boulimie ou de compulsions* (*voir* tableau ci-contre).

La dénutrition entraîne de graves troubles.

Les compulsions alimentaires

Leurs complications sont d'un tout autre ordre. En cas de compulsions, il n'y a aucune volonté farouche de ne pas grossir, donc aucune stratégie pour maintenir le poids normal. Pour peu que la malade ait des crises fréquentes, elle va immanquablement grossir, voire, si elle a un risque génétique, devenir obèse. Dès lors, elle sera exposée aux complications de l'obésité : infarctus du myocarde et accidents cardiovasculaires, hypertension artérielle, augmentation des triglycérides sanguins, anomalies du cholestérol, essoufflement, arthrose, hypofertilité et troubles des règles, dévalorisation de soi...

L'aménorrhée

Elle est la conséquence à la fois de la dénutrition et du TCA. Elle est observée chez 90 à 94 % des malades.

Les complications des TCA

	Anorexie mentale	Anorexie-boulimie	Boulimie	Compulsions alimentaires
Dénutrition	•••	••	•	Non
Ostéoporose *	•••	••	•	Non
Pertes musculaires	•••	••	Non	Non
Lésions des dents **	•	••	•••	Non
Manque de potassium ***	•	••	•••	Non
Perte des règles	•••	••	•	•
Infertilité	•••	•••	•	•
Suicide	Très rare	•	•••	Très rare
Surpoids et obésité	Non	Non	Très rares	••
Mortalité	1 à 2 %	3 à 5 %	1 à 5 %	< 1 %

• *assez rare* •• *fréquent* ••• *très fréquent*

**L'ostéoporose est une déminéralisation osseuse. Elle est liée à la dénutrition, aux carences alimentaires (énergie, calcium*, vitamine D, excès relatif de protéines*), et à la perte des règles. L'hyperactivité physique ne la prévient pas, même si elle en diminue l'importance. La complication de l'ostéoporose est un risque de fracture augmenté : les fractures touchent la colonne vertébrale (tassements vertébraux) ou les hanches (fracture du col du fémur).*

***En cas de vomissements ou de boulimie, on observe fréquemment des lésions des dents : perte de l'émail, cassures dentaires, atteinte des gencives (saignements), déchaussements dentaires.*

**** Les vomissements, s'ils sont fréquents, peuvent conduire à un manque de potassium, ou hypokaliémie. Or le potassium permet la contraction musculaire, notamment celle du cœur. L'hypokaliémie entraîne des troubles cardiaques parfois graves.*

Le type de complications et leur fréquence diffèrent selon qu'il s'agit d'anorexie, de boulimie ou de compulsions. Les plus fréquents sont la dénutrition et l'ostéoporose.

La dénutrition

La dénutrition est une complication grave de l'anorexie et de la boulimie. Elle conduit à de nombreux désordres intérieurs, dont certains sont mortels.

Pas que la graisse, mais les muscles

La perte musculaire touche 90 % des malades anorexiques. L'activité physique, même intense, ne la prévient pas.

Qu'est-ce que la dénutrition ?

La dénutrition, ce n'est pas seulement une perte de poids. C'est une perte de masse musculaire et une altération de nombreuses fonctions, à l'intérieur du corps comme dans les relations du corps avec l'extérieur. En d'autres termes, en dessous d'un certain poids, mincir n'a plus rien à voir avec un problème esthétique. Une image peut le faire comprendre : un PDG a décidé de « dégraisser » son personnel ; il licencie des salariés. Mais, en dessous d'une certaine limite, le nombre restant ne suffit plus à faire fonctionner l'entreprise : le PDG, qui a seulement voulu « mincir » son entreprise, l'a mise en péril !

Mais de quoi est composé notre corps ?

Notre corps est constitué de différents tissus : peau, os, muscles et viscères (cerveau, rate, foie...). Schématiquement, nos tissus contiennent de l'eau (beaucoup d'eau), de la masse maigre et de la masse grasse. Chaque tissu est entouré de liquides, qui assurent la circulation des nutriments, et de lipides* (graisses), qui en assurent la protection.

La masse maigre : ce sont les muscles, les viscères – cerveau, foie, organes digestifs, reins, poumons... – et l'os.

La masse maigre contient 70 à 75 % d'eau.

La masse grasse : c'est le tissu adipeux, qui assure une protection contre le milieu extérieur. Protection mécanique (contre les blessures), thermique (isolation par rapport au froid), électrique (conduction de l'énergie électrique qui permet l'évacuation de l'eau hors des cellules, et qui fait fonctionner le cœur et le cerveau).

Anorexie et dénutrition

Tout commence de façon très banale. Tout finit dans le drame ! Au début, c'est juste un petit régime pour perdre quelques kilos. À la fin, la malade impressionne tout le monde par une silhouette squelettique où les formes, les masses graisseuses et musculaires ont fondu, laissant saillir les os. Mais comment en est-on arrivé là ?

L'organisme renouvelle quotidiennement une petite part de lui-même : chaque jour, 3 % de la masse musculaire est mise à la poubelle et remplacée par du muscle tout neuf. Prenons un exemple parlant : les cellules intestinales absorbantes sont au nombre de 250 millions. En quatre jours, elles ont toutes été remplacées. Pour ce travail, l'organisme a besoin de deux choses : des nutriments et de l'énergie. Une seule ne suffit pas ; il faut les deux. Explication : pour rafraîchir un mur dont les briques ont été endommagées par le temps, il faut à la fois des briques neuves (les nutriments) et des ouvriers pour les mettre en place (énergie). Sans énergie (les calories* que nous ingérons), protéines*, calcium*, magnésium et vitamines sont bien inutiles. Cette énergie dont nous avons besoin est en fait considérable : une jeune femme de 50 kg pour 1,65 m (donc très mince), allongée toute la journée, brûle chaque jour 1 300 kcal pour faire fonctionner les cellules de son corps et en assurer le renouvellement ! Ce sont aussi 50 g de protéines qui sont nécessaires (soit l'équivalent de 250 g de viande ou poisson par jour). Si elle ne mange que des céréales, il faut 1 kg de pâtes ou de riz par jour !

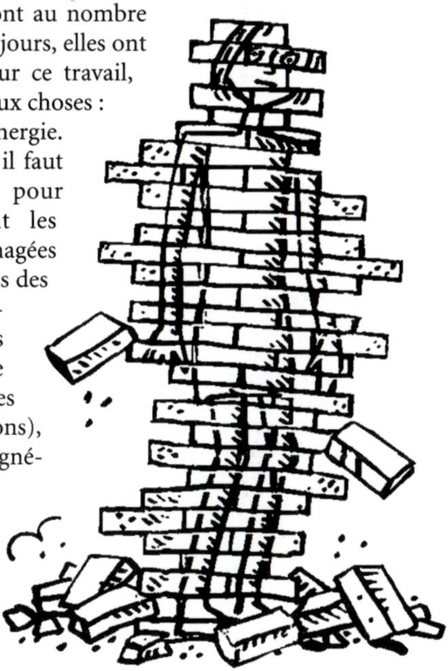

La dénutrition s'installe, tout se dégrade !

Sans apport nutritif, 100 g de masse musculaire sont perdus chaque jour. Et nous n'en avons guère que 18 à 25 kg. Heureusement que l'anorexique, en maigrissant, n'a plus à transporter qu'un corps dérisoire. On parle de dénutrition en dessous d'un certain indice de masse corporelle* (IMC), à savoir 18,5 $kg/(m)^2$. La dénutrition est importante en cas d'IMC inférieur à 14 $kg/(m)^2$ (il existe alors un risque vital).

La dénutrition est une complication fréquente de l'anorexie. Elle l'aggrave car elle fait perdre la sensation de faim et les capacités de digestion.

Les conséquences de la dénutrition

Faute de calories, l'organisme ne peut plus assurer le maintien de la température corporelle. En état de survie, il lâche les fonctions les moins vitales : finies les règles ; envolés les muscles ; adieu l'os...

Une chaudière régulée

La quantité de calories que nous brûlons pour maintenir notre température à 37 °C dépend étroitement du nombre de calories que nous ingérons.

Ce que touche la dénutrition

Lorsqu'on maigrit, on perd de la masse grasse et, de ce fait, de la chaleur... et le froid s'installe. L'os est gravement touché. Les muscles fondent et fonctionnent moins bien. Schématiquement, lorsque 10 % du poids du corps est perdu, 10 % de sa masse musculaire l'est aussi. Et ainsi, quand on perd 30 % de son poids (15 kg), on perd 30 % de sa masse musculaire (6 kg) !

Bien autre chose que du poids

Dans l'anorexie*, la malade devient nettement moins efficace. Ses organes fonctionnent de moins en moins bien. Dans ces muscles perdus, il y a du muscle cardiaque. Si la malade vomit, elle augmente considérablement le risque de défaillance cardiaque : court-circuit et arrêt cardiaque peuvent survenir ! Les muscles respiratoires subissent autant de dommages. On s'éloigne de la perfection dont elle rêvait ! Mais la malade « tient » à la force du mental !

Froid, tant de froid

Pour économiser ses calories*, le corps réduit sa dépense de chauffage. Les cellules travaillent moins et donc produisent moins de chaleur ;

le cœur s'économise, il bat moins vite, pousse moins fort ; le sang circule moins et la température corporelle diminue. Faute de tissu adipeux, une partie du peu de chaleur produite fuit par la peau amincie : on chauffe peu pour faire des économies, et on chauffe fenêtres ouvertes !
La circulation diminue, le froid pénètre, les canalisations (les vaisseaux) sont moins chauffées, et le corps coupe la microcirculation des extrémités : mains et pieds deviennent violets, blancs au froid et sont douloureux.

Et tant pis pour le tube digestif, ce qui n'arrange rien !

L'estomac et les intestins comportent une couche musculaire que la dénutrition altère. Les conséquences en sont mesurables : reflux acides de l'estomac vers la bouche (brûlures), ralentissement de l'évacuation de l'estomac (la malade se sent « pleine » dès les premières bouchées, rumine encore son repas six heures plus tard), du transit intestinal (ballonnement et constipation), insuffisance hépatique (le foie ne peut plus brûler les graisses, qui s'y accumulent).
La restriction alimentaire et les carences nutritionnelles* induisent différents troubles neurologiques : troubles de la sensibilité au toucher ; diminution de la perception de la position des membres dans l'espace, de l'acuité visuelle, de la vitesse de propagation de l'influx nerveux. L'atteinte des fonctions intellectuelles s'aggrave au fil de la dénutrition : difficultés de concentration, trous de mémoire, sensation de perdre pied, de vide, altération de la capacité de calcul et de logique. Les altérations mentales sont variées : état dépressif , humeur instable, avec parfois succession de véritables phases maniaques (excitation intense, toute-puissance) et dépressives (irritabilité, anxiété, troubles du sommeil, perte d'intérêt pour les choses, perte du désir). Tous ces symptômes se trouvent amplifiés si la malade vomit.

Que d'eau, que d'eau !

Le corps, fait de 60 % d'eau, doit évacuer en permanence l'eau et le sel (sodium) qui entrent. Pour ce faire, le rein et les cellules vivantes utilisent des pompes qui fonctionnent à l'énergie, et que la restriction calorique et la dénutrition vont mettre à mal. C'est pourquoi certains malades atteints de TCA développent des œdèmes des jambes.

Passé un certain stade, l'amaigrissement s'accompagne d'une altération de la masse des muscles et des organes ainsi que de leurs fonctions. C'est de cela que meurent les malades anorexiques.

La dégradation de l'os et les troubles des règles

La dénutrition provoque l'arrêt de la sécrétion des hormones féminines, qui, à son tour, interrompt les règles et accélère la déminéralisation osseuse. Ces symptômes sont plus fréquents et plus graves dans l'anorexie que dans la boulimie.

Perte de calcium

Après cinq ans d'anorexie, la perte de calcium dans l'os atteint 10 % du total.

Déminéralisation et anorexie mentale

L'anorexie* se complique d'une ostéoporose parfois sévère. Cette perte osseuse grave majore le risque de fracture. La dénutrition est, avec la ménopause, une des causes de l'ostéoporose. Le degré d'ostéoporose est fonction de la durée d'évolution de l'anorexie et de l'importance de la perte de poids, de la restriction énergétique et du déficit d'apport en calcium* et vitamine D. Un autre facteur, majeur, est l'absence de cycles menstruels. L'ostéoporose est plus importante au niveau du rachis lombaire qu'ailleurs. Résultat : tassement vertébral, douleurs et diminution de la taille corporelle ; les malades perdent environ 1 cm par dix ans d'évolution.

Traitement de l'ostéoporose

L'ostéoporose apparaît dès la cinquième année d'aménorrhée*. La perte du capital osseux est de 1 à 3 % par an. Les traitements contre l'ostéoporose, tels que calcium, vitamine D et traitement hormonal substitutif (du type de celui donné contre la ménopause) freinent la perte osseuse. Mais seule la guérison de l'anorexie permet de restaurer un capital osseux correct. Pour cela, il faut atteindre un poids minimal normal (indice de masse corporelle [IMC]* de 18,5 kg/(m)^2), maintenir des apports énergétiques normaux et avoir une alimentation variée et équilibrée qui apporte une quantité suffisante de vitamine D (présente dans les matières grasses du foie de poisson, des poissons gras, du jaune d'œuf, du beurre, du fromage et du lait entier ou demi-écrémé).

L'aménorrhée et l'anorexie mentale

L'aménorrhée est liée à la perte de poids et aux restrictions alimentaires. Beaucoup de patientes s'inquiètent de savoir à quel moment elles retrouveront leurs règles. Il existe en fait deux types d'aménorrhée :

– **l'aménorrhée secondaire.** Ces jeunes femmes ont perdu leurs règles alors qu'elles avaient déjà commencé à perdre du poids. En général, elles ne retrouveront leurs règles que trois à six mois après le passage au-dessus d'un IMC de 18,5 kg/(m)^2 ;

– **l'aménorrhée primaire.** Ces jeunes femmes ont perdu leurs règles avant de perdre du poids ou n'en ont jamais eu. Dans ces cas, nul ne sait à quel poids elles les retrouveront. Mais elles ont peu de chance de les avoir en dessous d'un IMC de 18,5 kg/(m)^2.

Hormones féminines malmenées

La perte des hormones* féminines accélère le vieillissement prématuré du corps.

Dénutrition, ostéoporose et aménorrhée dans la boulimie

Parce que la patiente boulimique a un poids normal, peu de médecins s'inquiètent de son état nutritionnel*. Ils ont tort. Avec les vomissements, on ne perd pas que des calories* et du potassium*, mais aussi de l'eau, des minéraux, des vitamines... Pas étonnant alors que le corps, cherchant à récupérer les nutriments qui lui manquent, pousse la malade à manger d'autant plus ! Pas étonnant non plus que certaines malades voient se développer des œdèmes des jambes, une sécheresse de la peau, des saignements des gencives.

Pour se purger, pour perdre des calories, pour avoir le ventre plat, pour se purifier, certaines anorexiques et beaucoup de boulimiques abusent de laxatifs. Cet abus de laxatifs drastiques conduit aux ballonnements, à une alternance diarrhée-constipation et aux douleurs abdominales. De plus, les vomissements contiennent de l'acide et de la bile, qui attaquent l'émail des dents. Enfin, ils favorisent la production d'un suc salivaire visqueux qui bouche les glandes salivaires (sous les oreilles et la mâchoire) et provoque leur gonflement.

Avec la dénutrition et les carences alimentaires, s'installent l'aménorrhée et la déminéralisation osseuse. L'érosion du capital osseux, atteint 1 à 3 % par an.

Le traitement : les quatre objectifs et les cinq étapes

On peut guérir sans séquelle. Mais comme dans toute maladie, il faut se fixer des objectifs et travailler sur les moyens à mettre en œuvre. La guérison est longue à obtenir. C'est dire que la détermination et l'obstination sont deux clés importantes.

Incontournables : les quatre objectifs

1/ Un poids normal : retrouver puis maintenir un poids normal pour sa taille, c'est essentiel. Toute volonté de guérison, quoique en disent certaines malades, échoue face au refus de peser un poids normal.

2/ Une alimentation normale : retrouver et maintenir des apports alimentaires compatibles avec le maintien de ce poids est incontournable. Pour stabiliser son poids et sa composition corporelle*, il faut que les protides*, lipides* et glucides* qui sont dépensés chaque jour soient remplacés, gramme pour gramme, par un apport équivalent. Ces besoins caloriques ne sont jamais inférieurs à 1 800-2 000 kcal/j.

3/ Un comportement normal : travailler sur le comportement alimentaire est indispensable. Il ne suffit pas de grossir pour guérir, en cas d'anorexie*. Il faut manger en fonction de ses besoins. Manger aux repas, ne pas faire de crise. Manger avec variété et pas de façon figée. Manger sans peur et sans avoir le regard rivé sur l'assiette des autres, pour voir s'ils mangent plus que vous, sans les gaver non plus ! Mais il faut aussi travailler sur les autres comportements anormaux : idées obsessionnelles de rangement, de ménage, peur de se faire plaisir, peur de s'ouvrir aux autres.

4/ Une analyse en profondeur : travailler sur les mécanismes et les raisons qui ont rendu possible

Une bataille à livrer

La lutte contre l'anorexie, la boulimie ou les compulsions ne demande pas seulement de comprendre. Il faut se battre dans l'assiette tous les jours.

le TCA est déterminant. La réflexion sur son manque de confiance, sur sa part d'enfant, ses réactions archaïques, sa féminité et sa sexualité est incontournable.

Besoin de courage

La peur de ne pas y arriver et de lâcher la maladie touche plus de 90 % des malades.

Les cinq étapes

Il faut passer par plusieurs étapes. Dans l'ordre :

1/ Admettre qu'il s'agit d'une maladie comme une autre. Ni banaliser, ni culpabiliser ! Se penser malade est essentiel pour une anorexique : tant qu'elle se pensera « toute-puissante », elle ne lâchera pas sa maladie. Admettre qu'elle est malade et qu'elle peut être soignée aide considérablement une boulimique à se respecter, elle qui a honte d'avoir une « *folie dégoûtante en elle* ».

2/ Décider d'agir. Rien n'est moins évident que de partir à l'assaut d'un trouble du comportement. Les malades sont tellement prises qu'elles ont peur de se battre. D'autant plus que l'anorexie ou la boulimie* leur servaient bien, malgré tout, à quelque chose. Tout ce chemin à parcourir et la peur de lâcher la maladie les terrifient.

3/ Passer à l'action. Réfléchir sur les approches possibles, agir jour après jour, valoriser ses victoires, même petites, et mettre en place un plan de guérison sont des attitudes efficaces.

4/ Se donner les moyens de le faire. Quel médecin ou quel psychiatre consulter, que faire soi-même, à qui demander de l'aide ? Qu'attendre des autres et de soi-même ?

5/ Persévérer. La peur de ne pas y arriver, l'angoisse dès que l'on cherche à se soustraire aux crises de boulimie, à l'hyperactivité physique, au jeûne sont telles qu'il est objectivement dur de se battre : ce n'est jamais une partie de plaisir. Croire qu'on va tout de suite retrouver le « plaisir de manger », le « goût à manger », « manger naturellement » (et on a vu à quel point manger était plus appris que naturel !) est un leurre.

Aucun traitement ne sera efficace s'il ne prend pas en compte tous les facteurs de ces maladies : nutritionnels, diététiques, comportementaux et analytiques.

Pourquoi une approche nutritionnelle ?

Ce n'est pas parce que l'anorexie est « mentale » qu'il faut négliger l'aspect nutritionnel. L'anorexie tue par dénutrition. La suppression des repas favorise la crise de boulimie suivante.

L'indice de masse corporelle

Mais quel est donc cet indice de masse corporelle (IMC) ? C'est le poids du corps (en kilos) divisé par le carré de la taille (en mètres). L'IMC normal minimal est de 18,5 kg/(m)^2. Si la jeune fille mesure 1,63 m, son poids minimum est de 49 kg (1,63 x 1,63 x 18,5). Exemples : pour une taille corporelle de 1,63 m, cela fait un poids normal entre 49 et 66 kg. Nul n'est obligé à cet âge de peser 66 kg, mais rien ne l'interdit non plus ! En dessous d'un IMC de 18,5 kg/(m)^2, il y a une majoration nette du risque d'altération des fonctions de l'organisme et de ses défenses face à la maladie.

Les trois raisons d'une approche nutritionnelle

1/ Le risque de rechute : en dessous d'un indice de masse corporelle* (IMC) de 18,5 kg/(m)^2, les malades rechutent le plus souvent.
2/ Les règles et la déminéralisation osseuse : en dessous de cet IMC, les altérations corporelles sont beaucoup plus fréquentes, les règles menstruelles ne réapparaissent pas et l'ostéoporose continue ses ravages, alors qu'elle a de grandes chances de disparaître au-dessus.
3/ Le regard de l'autre : en dessous d'un certain poids, en partie fonction de la taille, le regard de l'autre sur la malade est un regard négatif, entre inquiétude, pitié et interrogation. Or ce regard déstabilise souvent les malades et favorise donc leur exclusion et leur isolement.
Une jeune fille anorexique de 42 kg pour 1,65 m doit atteindre 50 kg pour espérer retrouver ses règles et voir régresser l'ostéoporose dont elle est atteinte si la maladie a plus de cinq ans.

Les objectifs nutritionnels

L'approche nutritionnelle comporte cinq volets. Aucun ne peut être négligé.
1/ Un poids normal : atteindre puis maintenir un IMC normal, donc entre 18,5 et 25 kg/(m)^2.
2/ Une composition corporelle* normale : atteindre puis maintenir un équilibre satisfaisant entre la masse maigre (muscles et viscères) et la masse grasse.
3/ Des apports alimentaires normaux : atteindre puis maintenir des apports caloriques (en protéines*, en matières grasses et en glucides*) compatibles avec le maintien de ce poids. Cela suppose de couvrir les besoins nécessaires au

Dépense calorique selon l'âge, le poids et le niveau d'activité physique

Âge	Poids	Sédentarité	Activité modeste	Hyperactivité	Activité intense
15-19 ans	45 kg	1 650 kcal	1 850 kcal	2 100 kcal	2 300 kcal
	50 kg	1 750 kcal	2 050 kcal	2 300 kcal	2 550 kcal
	55 kg	1 900 kcal	2 100 kcal	2 450 kcal	2 700 kcal
	60 kg	2 000 kcal	2 300 kcal	2 600 kcal	2 900 kcal
	65 kg	2 150 kcal	2 450 kcal	2 750 kcal	3 050 kcal
20-29 ans	45 kg	1 600 kcal	1 800 kcal	2 050 kcal	2 250 kcal
	50 kg	1 700 kcal	1 950 kcal	2 200 kcal	2 440 kcal
	55 kg	1 800 kcal	2 100 kcal	2 350 kcal	2 600 kcal
	60 kg	1 950 kcal	2 200 kcal	2 500 kcal	2 750 kcal
	65 kg	2 050 kcal	2 350 kcal	2 650 kcal	2 950 kcal
30-40 ans	45 kg	1 500 kcal	1 700 kcal	1 950 kcal	2 150 kcal
	50 kg	1 600 kcal	1 850 kcal	2 100 kcal	2 350 kcal
	55 kg	1 750 kcal	2 000 kcal	2 250 kcal	2 500 kcal
	60 kg	1 850 kcal	2 100 kcal	2 400 kcal	2 650 kcal
	65 kg	2 000 kcal	2 250 kcal	2 550 kcal	2 850 kcal

Valeurs moyennes approchées (variabilité de 10 % environ selon les individus) pour un indice de masse corporelle (IMC) de 21 kg/(m)²

maintien de ce poids. Ces besoins sont fonction de notre dépense énergétique de repos (DER ou métabolisme de base*) à laquelle s'ajoute la dépense liée à l'activité physique. La DER est la dépense de calories* de quelqu'un qui serait allongé toute la journée sans même bouger un cil. Elle est fonction de notre masse maigre. Nos besoins caloriques dépendent de six facteurs :

– du sexe (les hommes brûlent plus de calories que les femmes) ;

– de la taille (plus on est grand, plus les besoins augmentent) ;

– de l'âge (les personnes jeunes brûlent plus de calories que les plus âgées) ;

– du poids (en prenant du poids, une anorexique voit ses besoins caloriques augmenter) ;

– du contexte génétique (dans une famille de minces, la DER est plus élevée que celle observée dans une famille de gros) ;

– de l'activité physique (plus on a d'activité physique et plus on dépense de calories).

4/ Des repas en équilibre avec les besoins autres que caloriques.

5/ Un comportement alimentaire harmonieux, sans angoisse de grossir, ni peur du regard de l'autre.

Seule une alimentation variée, suffisamment énergétique (au moins 1 800 kcal/j) peut apporter à une adolescente ou à une femme jeune ce qu'il faut pour une croissance normale et un état nutritionnel optimal.

L'approche nutritionnelle en pratique

L'incontournable approche nutritionnelle a permis de diminuer considérablement la mortalité dans des maladies où les conséquences nutritionnelles exposent à des complications graves.

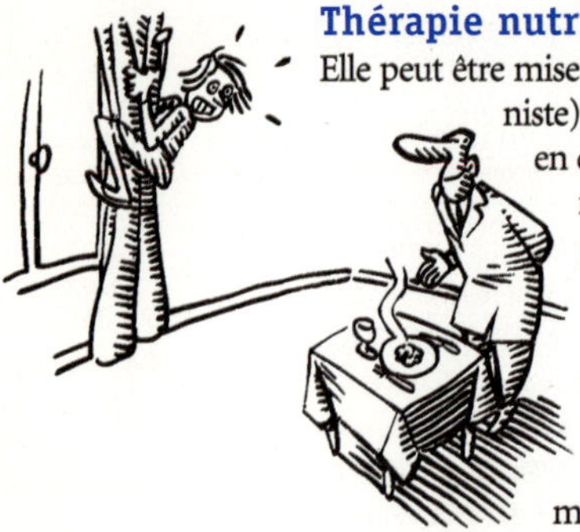

Thérapie nutritionnelle en pratique

Elle peut être mise en œuvre par un médecin (nutritionniste) ou par un diététicien formé à la prise en charge des TCA. Il s'agit au début d'un modèle alimentaire qui va atteindre progressivement le niveau nécessaire au maintien du poids, qui est l'objectif. Il faut bien sûr penser aux calories*, afin que la malade retrouve ou se maintienne à un poids minimal normal. Mais il ne faut pas oublier les matières grasses (juste ce qu'il faut), les vitamines – notamment celles qui se dissolvent dans les graisses (vitamines A, D, E et K) – et tout ce qui est nécessaire à la prévention ou à la correction de l'ostéoporose : certes calcium* et vitamine D, mais aussi œstrogènes et progestérone, voire certains médicaments utiles pour freiner la destruction osseuse (les biphosphonates). Les mélanges nutritifs à boire ne sont pas conseillés, car ils écartent trop la malade de l'alimentation « classique ». Par ailleurs, jugés assez insipides, passée la première semaine, ils sont abandonnés.

Retour à la normale
Il faut obtenir un poids normal et une alimentation normale et variée.

L'hospitalisation : un mal parfois nécessaire

En cas d'échec, il faut recourir à l'hospitalisation, pour aider la malade à travailler plus intensément sur son alimentation. En effet, il n'est pas souhaitable de s'obstiner trop longtemps : la patiente et le médecin risquent d'y perdre l'objectif. Le fait d'être dans un service médical pour se soigner débloque souvent la situation. La malade, rassurée, en confiance, accepte de « lâcher prise » et se remet à manger aux repas. C'est l'occasion d'entreprendre avec elle une démarche d'apprentissage et de modification de son comportement. L'objectif doit être parfaitement défini. Il devra résulter d'un accord, après explications détaillées, avec la malade, afin d'être bien compris et accepté. Sinon, la peur risque de réapparaître après la prise de deux ou trois kilos.

Peur de manger

La suppression d'un ou de plusieurs repas concerne trois malades sur quatre.

L'assistance nutritive par sonde

On peut être amené, durant cette hospitalisation, en cas d'échec de la réalimentation par les repas, à proposer une alimentation par sonde nasogastrique. Celle-ci peut également être proposée en cas de vomissements et de crises de boulimie* incoercibles. Une petite sonde lubrifiée (moins de 2 mm de diamètre) est passée en douceur par une narine et introduite dans l'estomac en la poussant lentement. C'est indolore. Une fois la sonde en place, on perfuse goutte à goutte, tout au long de la journée, un mélange nutritif équilibré. Cette méthode est utilisée en cas de dénutrition depuis plus de trente ans. En cas d'anorexie* mentale et de boulimie, en association avec les autres approches, elle a fait la preuve de son efficacité. Grâce à cette méthode, on obtient une hospitalisation de plus courte durée et une prise de poids plus rapide et plus harmonieuse. On évite aussi l'inflation calorique hors repas et la rétention d'eau qui survient en cas d'excès énergétiques. Cette alimentation par sonde permet aussi, même si cela peut paraître étrange, une meilleure gestion des apports alimentaires. Elle aide la patiente qui n'est plus seule face à sa peur de manger. Elle représente enfin un obstacle « physique » et un frein métabolique (en offrant une alimentation continue) contre les crises de boulimie ou les vomissements.

La dénutrition détermine le pronostic. Tout doit donc être tenté pour restaurer un état nutritionnel normal et un poids minimum, y compris une nutrition par sonde nasogastrique.

L'hospitalisation est longue mais bénéfique

Elle dure rarement moins de deux mois en cas d'anorexie mentale. Une anorexique n'échappe pas à cette règle : en moyenne, une malade hospitalisée pour anorexie prend un kilo par semaine, au maximum cinq kilos par mois. Or elle a souvent 12 à 15 kg à reprendre !

Pourquoi une approche comportementale ?

Sans elle, il ne peut pas y avoir de démarche nutritionnelle ni psychothérapeutique efficace.

Comment faire ?

Plus de 90 % des anorexiques et des boulimiques veulent s'en sortir mais ne savent pas comment. Il faut donc travailler avec elles sur leur comportement et la pensée qui le sous-entend, et les aider à en changer.

L'approche comportementale

On appelle cette approche la « psychothérapie cognitive comportementale* ». La malade va apprendre comment son corps fonctionne, quels sont ses besoins quotidiens, quels sont les liens qui unissent sa consommation d'aliments d'un côté, son humeur et ses angoisses de l'autre. Elle doit apprendre des techniques pour changer ses comportements, techniques sur lesquelles elle s'appuiera plus tard. Car rien ne sert de comprendre, si l'on n'agit pas pour modifier ce qui ne va pas. Comme pour la dyslexie, il existe des méthodes pour aider les malades atteints de troubles alimentaires. Il faut comprendre, même si ceci paraît incroyable, que la malade ne sait plus manger. Sa peur est telle qu'elle a perdu tous ses repères. Le moindre bout de graisse la terrifie. Elle n'a *a fortiori* aucune idée de l'utilisation des calories* qu'elle avale. Elle est vraiment convaincue qu'un rien la fait grossir. Il faut donc lui expliquer à quoi servent les nutriments*, lui dire nos besoins en matières grasses, qu'elles servent de carburant, mais aussi de matériau de structure pour nos cellules, de base pour la fabrication des hormones* sexuelles. Il faut répéter que le corps dépense chaque jour un nombre incroyable de calories. Il faut dire l'importance des repas, pour que l'organisme prenne ses repères face aux cycles alimentaires (phases de jeûne et phases digestives), afin de sentir de nouveau la faim* et le rassasiement*. Il faut rappeler que l'alimentation n'a pas pour seul rôle de nourrir. Elle participe à l'expérience de chacun, aide à la communication et au partage, à la convivialité. Il faut

lui faire trouver enfin quelle pensée lui vient, quelle émotion la prend quand elle mange et quand elle fait une crise. La thérapie a pour but de faire évoluer ses pensées.

Les cercles vicieux

Il faut apprendre à la malade comment les cercles vicieux s'installent et se perpétuent. En voici quelques-uns.

La peur de manger bloque la fonction d'évacuation de l'estomac. De ce fait, on mange encore moins, on maigrit et, à un certain moment, la réduction des volumes alimentaires et la dénutrition ralentissent encore l'évacuation des aliments. Ainsi, la peur de manger s'accompagne d'une intolérance physique à le faire.

En dessous d'un certain poids ou en cas de boulimie*, l'organisme perd sa capacité à évacuer l'eau excédentaire. Dès que l'on remange, on stocke un ou deux kilos d'eau, surtout si on vomissait. La malade, qui prend un ou deux kilos en trois à quatre jours, panique et trouve là une justification au fait qu'« *un rien la fait grossir* » !

Pour éviter de reprendre du poids, on a trouvé pratique de vomir. Ce faisant, on provoque deux choses. L'une est un réflexe conditionné : chez la boulimique, l'ingestion d'aliments ferme la porte de sortie de l'estomac (le pylore) et laisse ouverte la porte d'entrée (le cardia). De ce fait, elle vomit encore plus facilement. Et bientôt plus aucun effort n'est nécessaire. En revanche, ce sont de gros efforts qu'il faut faire pour arrêter de vomir. L'autre est psychologique : pour vomir, il faut remplir son estomac. Alors, pourquoi se priver de manger ? Dès lors, la malade sombre dans les crises de boulimie ou de compulsions* alimentaires. Et elle va de plus en plus mal !

L'approche comportementale : comment ?

L'approche cognitive comportementale peut se faire seule, en groupe, ou les deux, car les mécanismes sont les mêmes pour tous les malades, quels que soient leur histoire, leur niveau social ou leur niveau d'études. Une diététicienne formée peut aider à ce type d'approche. Il est rassurant et instructif pour les malades atteints de TCA de se rendre compte qu'ils partagent avec tous les autres les mêmes troubles !

Dur de lâcher prise

Neuf anorexiques sur dix et près de 100 % des boulimiques disent qu'elles sont fortement déstabilisées, dès qu'elles lâchent leur maladie.

Anorexie mentale, boulimie et compulsions alimentaires sont des conduites addictives : les malades, convaincues qu'il leur faut guérir, sont dans l'impossibilité de mettre en œuvre leur décision. Plutôt que de les culpabiliser, il faut les y aider.

Pourquoi une approche psychanalytique ?

Pour se sortir des TCA, il va falloir que les malades découvrent toutes les ressources enfouies au plus profond d'elles-mêmes, notamment en utilisant des techniques de type analytique.

Histoires de famille

La thérapie familiale* n'est indiquée que s'il y a des difficultés de traitement : résistances ou obstacles de la part de la famille ; histoire familiale qui angoisse la malade et qu'elle n'arrive pas à exprimer à ses parents : peur de leur séparation, difficultés avec un petit frère ou une grande sœur...

L'approche psychanalytique : pourquoi ?

Elle a pour but de trouver les facteurs qui ont contribué à l'apparition du TCA et ceux (ce ne sont pas toujours les mêmes) qui ont favorisé l'organisation et la pérennisation de la maladie. Le point de départ des TCA est avant tout un manque de confiance en soi. Il faut donc en chercher les origines. Parfois cela remonte à la petite enfance, parfois le début n'a lieu qu'à la puberté, lors de la perte des repères d'enfant. Il faut, pour vouloir se battre, démêler les avantages qu'il y a à guérir. Il est donc important de comprendre les fondements mentaux de nos comportements, afin de pouvoir les infléchir à notre avantage. Il est utile, pour défaire les liens trop serrés qui attachent souvent la malade à son entourage, de comprendre ce qui se noue encore entre elle et l'un ou plusieurs de ses proches : peur de l'inconnu, protection, resserrement de liens... Il est nécessaire de mettre en lumière que, derrière le trouble alimentaire, se jouent d'autres appétits. Il faudra, à un moment ou à un autre, aborder la difficulté que représentent, pour beaucoup de ces malades, des relations physiques et sexuelles épanouies.

L'approche psychanalytique : comment ?

Cette démarche analytique peut se faire au cours d'entretiens individuels avec un médecin (psychiatre) ou un psychothérapeute. Il y est beaucoup question d'enfance, de famille et de sexualité. On y parle de rapports avec les autres, de gestion de ses émotions. Le médecin parle peu ou pas. C'est la malade qui élabore, trouve des liens entre ses pensées et ses émotions, entre un comportement et un traumatisme, met en évidence un fait qui l'a blessée, par exemple en s'aidant de ses rêves. Le psychanalyste ne fait que donner une piste ou poser une question. Au début, il est nécessaire que le thérapeute explique et parle plus, car ces malades sont souvent bloquées, ont du mal à élaborer, à analyser leur comportement, leurs peurs et leurs émotions. Une psychothérapie moins analytique, avec moins de silences de la part du thérapeute, peut être demandée par la malade ou ses parents. L'approche psychanalytique est utile, mais il faut dégager certains faits. Une psychanalyse* approfondie est longue : plusieurs années sont souvent nécessaires pour aller au bout. Mais une psychanalyse de longue durée n'est pas indispensable pour guérir. Il ne faut pas en attendre trop de changements du comportement alimentaire, surtout dans l'immédiat. Si l'on ne se bat pas sur le terrain de l'alimentation, le trouble reste. Il y a là un piège : faire de son psychiatre-psychanalyste un diététicien à qui on ne raconte que les difficultés face à l'assiette. Une psychanalyse sera d'autant plus efficace que la malade aura accepté de « lâcher » sa maladie et aura pris du poids. Cela fait « sortir les démons » ! Il ne faut pas en attendre des miracles : pour que la psychothérapie analytique soit efficace, il faut que la malade soit motivée, patiente et qu'elle n'en attende pas le déclic qui va la sauver.

Thérapie familiale

C'est une démarche active de plusieurs membres de la famille. Il s'agit de comprendre comment fonctionnent les relations entre les différents membres : père, mère, frères et sœurs... et comment ces relations ont pu favoriser le trouble alimentaire.

> Comprendre les mécanismes et les facteurs qui ont rendu possible la maladie est aussi important que de lutter contre ceux qui l'entretiennent. Mais comprendre n'est pas suffisant si ça n'aide pas à changer.

Les groupes de soutien

Les professionnels de la santé ne peuvent pas avoir l'apanage d'une approche multidisciplinaire, où chaque facteur compte. Il faut donc créer des groupes d'entraide animés par d'anciennes malades.

Seule face à la guérison

Comme dans l'alcoolisme, la bataille se gagne chez soi, pas dans le cabinet du médecin ou à l'hôpital.

Les groupes de soutien, comment fonctionnent-ils ?

Leur but est d'aider les malades à dire leurs difficultés, leur mal-être, leurs interrogations, à s'exprimer par la parole et par le corps au travers d'émotions retrouvées. Ces groupes existent sous deux modalités différentes. Certains sont animés par un professionnel de santé (psychiatre, nutritionniste, psychothérapeute, diététicien). D'autres par des bénévoles au sein d'associations (anciennes malades qui souhaitent aider les autres à se battre, comédiens, danseurs, psychomotriciens). Il en existe encore trop peu.
Il peut s'agir soit de groupe de parole, soit de groupe d'expression émotionnelle, soit de groupe d'expression corporelle et de techniques de relaxation.

Les groupes de parole

Leur but est de faire réfléchir les malades sur certains grands thèmes et certaines caractéristiques mentales associés aux TCA. Le plus logique est de n'aborder qu'un seul thème par séance, afin de l'approfondir. Les séances sont à la fois constructives et ludiques, positives et tournées vers l'action. Ce n'est pas là le lieu pour raconter son histoire dans le détail. Chacun doit y avoir la parole, mais ne pas l'accaparer.

Les malades, à travers ces groupes, comprennent que ce qu'elles ressentent est partagé par les autres. Elles se sentent moins seules.

Les groupes d'expression émotionnelle

Leur but est d'exprimer, à travers de petites scènes théâtrales, certaines émotions difficiles à extérioriser ailleurs, dans la vie quotidienne : refus, joie, colère, plaisir... Les malades peuvent être sollicitées pour faire des exercices de groupes ou une par une selon les cas et leurs blocages. Ces groupes sont animés par un professionnel (comédien) ou une ancienne malade qui a des compétences dans le domaine de l'expression théâtrale.

Les groupes d'expression corporelle

Leur but est de faire retrouver aux malades une relation plus harmonieuse, plus ludique, plus souple, plus naturelle avec leur corps et ses différentes parties : relâchement, détente, souplesse, amour du corps et contact physique sont autant de choses à travailler avec ces malades, souvent totalement bloquées et figées.

Les groupes de parents

Ils sont en principe animés par un psychothérapeute, un psychiatre ou un parent d'une ancienne malade, à condition que ce parent ait travaillé avec une équipe soignante et se soit formé. Les parents y viennent ensemble (père et mère), sans leur enfant. Ils y rencontrent d'autres parents. Idéalement, ce sont des groupes de quatre à huit couples. Ils y apprennent à mieux comprendre la maladie, à mieux réagir, avec fermeté mais sans angoisse ni impatience. Ils apprennent à « travailler » avec leur enfant pour l'aider à être positive, à persévérer, à se battre encore et toujours. Ils y apprennent également à ne pas juger, à accepter le dialogue. Mais ils parlent aussi de leurs angoisses, de leur impuissance et de leurs propres difficultés face à la maladie, aux rechutes, à la durée d'évolution... Le fait d'en parler et de voir qu'ils partagent avec d'autres de nombreuses difficultés les rassure et leur permet d'avancer et d'être plus positifs.

Et l'entourage ?

Les parents et les frères et sœurs souffrent la plupart du temps autant que les malades. Il faudrait donc pouvoir les aider tous.

Les groupes de soutien sont utiles dans le combat à mener contre les TCA. Ils aident les malades à prendre conscience qu'elles ne sont pas les seules à souffrir de ces maladies. Ils leur montrent qu'on peut évoluer, qu'on peut guérir et leur donnent les moyens de le faire en pratique, dans la vie de tous les jours.

TCA : mythes et idées fausses

Ma fille de 2 ans refuse sa purée et sa viande, est-ce de l'anorexie mentale ?
Non : c'est une anorexie* de la petite enfance. *A priori*, elle ne débouchera pas sur une anorexie mentale ni une boulimie*.

Ma fille de 9 ans mange n'importe comment, elle peut prendre un goûter à n'importe quelle heure, elle avale la moitié d'un paquet de gâteaux en rentrant de la danse. Va-t-elle développer une anorexie mentale ou une boulimie ?
Non. Il est normal à son âge d'avoir faim* en rentrant d'une activité physique. Une conduite alimentaire atypique ne signifie pas qu'elle est anorexique. Observez son comportement. Si elle mange sans angoisse, si elle sort avec ses copines, si elle garde sa joie de vivre, il n'y a pas de raison de s'inquiéter.

Ma fille de 15 ans mange bien à table, parfois trop, mais elle maigrit de plus en plus. Elle se pèse aussi de plus en plus souvent. Que faire ?
Il est probable qu'elle débute une anorexie mentale de forme boulimique : si elle mange à table et qu'elle perd du poids, c'est qu'elle ne mange pas assez ou, surtout, qu'elle vomit dès que l'occasion se présente. Il faut en parler avec elle, sans la braquer mais avec fermeté. Si vous échouez – ce qui est le cas le plus fréquent –, il faut l'amener à consulter. Cela évitera en plus de passer à côté d'une des autres maladies qui font perdre du poids.

Dès que ma fille anorexique se remet à manger, elle prend deux ou trois kilos par semaine. Elle en a peur et je la comprends... moi-même, si je mange comme une vache...
Eh non, ce n'est pas vrai à long terme. La première semaine, votre fille peut reprendre un à deux kilos, surtout si elle vomissait. En effet, l'organisme avait alors un niveau d'eau bas. Lorsqu'elle remange, qu'elle arrête de vomir, votre enfant remplit ses stocks d'eau : elle reprend alors ces fameux

un à deux kilos. Mais hélas, cela ne durera pas : si votre fille prend plus d'un à deux kilos par mois, ce sera déjà mieux que beaucoup de malades ! Éviter surtout deux réactions : être angoissée de sa prise de poids et employer les « mots qui tuent », l'expression « comme une vache » en est un exemple.

Ma fille souffre d'anorexie mentale, elle commence une psychanalyse*, est-ce suffisant ?

Non. Hélas, l'analyse ne fait qu'aider à comprendre pourquoi on est malade. Mais ni comment on le devient, ni surtout par quels moyens on s'en sort !

Mon fils a une anorexie mentale : est-ce très grave ?

Pas plus que si c'était une fille. Allez consulter avec lui un psychiatre pour être sûr qu'il n'y a pas autre chose, faites faire un bilan sanguin. Si c'est une anorexie, le pronostic et le traitement sont les mêmes que si c'était une fille.

Lors des repas, comment faut-il se comporter vis-à-vis de mon enfant anorexique ou boulimique ? Laisser faire ou forcer à manger ?

Ni l'un ni l'autre. Il faut valoriser ses victoires, l'aider en ouvrant le dialogue sur autre chose, lui montrer les pièges et les dangers de sa maladie, l'amener à consulter un médecin en qui il a confiance.

L'anorexie mentale, c'est une crise d'adolescence !

Oui et non. La maladie a des liens avec l'adolescence, mais elle dépasse largement ce que l'on peut appeler une crise. Le traitement en sera long et difficile et les risques sont importants. Il ne faut pas s'attendre à une guérison en un an !

Boulimie et compulsions*, c'est bonnet blanc et blanc bonnet !

Pas du tout. La boulimie est l'ingestion en un temps court d'une grande quantité d'aliments sans plaisir, avec sensation de perte de contrôle et volonté farouche d'être mince.
La compulsion alimentaire est l'ingestion en un temps assez court d'une certaine quantité d'aliments avec plaisir. La sensation de perte de contrôle est moins forte, et surtout il n'y a pas cette volonté farouche d'être mince.

Glossaire

Addiction : dépendance à un comportement (jogging) ou à une substance (alcool, tabac, drogues, médicaments). Le besoin est tel qu'il y a une intense sensation de manque, à la fois physique et mental.

Aménorrhée : perte des règles menstruelles.

Anorexie : perte de la faim*. L'anorexie mentale n'est pas, au début, une anorexie. Les malades ont alors faim, mais s'empêchent de manger.

Appétit : envie de manger quelque chose de bien particulier.

Bizarreries alimentaires : exclusion ou consommation d'aliments sur des critères irrationnels, sur la couleur par exemple.

Boulimie : ingestion en un temps court, dans l'urgence, sans envie ni plaisir, d'une grosse quantité de « choses alimentaires », avec la sensation de perdre tout contrôle.

Calcium : constituant minéral indispensable à la structure de nos os et à la machinerie cellulaire.

Calorie : unité de chaleur. En nutrition, unité de dépense de « carburant » pour faire fonctionner notre corps, et contenu énergétique de nos aliments.

Composition corporelle : masses dont est composé le corps. Il y a la masse maigre (muscles, organes, os), la masse grasse, les compartiments hydriques…

Compulsion : ingestion en un temps court, dans l'urgence, d'un certain nombre d'aliments désirés, avec la sensation de perdre le contrôle.

Diététique : organisation rationnelle de notre alimentation dans un but de santé. La fonction de manger n'est pas seulement diététique. Les diététiciens ne sont pas médecins.

Endorphine : substance chimique fabriquée par notre corps et provoquant au niveau du cerveau des sensations agréables.

Enzyme : substance chimique qui aide à la transformation d'un corps chimique en un autre.

Faim : besoin de combler un manque d'énergie cellulaire.

Fer : constituant minéral indispensable à nos globules rouges (une carence en fer provoque une anémie) et au transport de l'oxygène dans le sang.

Géophagie : ingestion de terre dans une pensée religieuse ou magique.

Glucides : carburant de l'effort de courte durée, de l'immédiat et de l'urgence. Contenu surtout dans les féculents.

Grignotage : ingestion répétitive, sans y penser, de petites quantités d'aliments choisis.

Hormones : messagers chimiques sécrétés par un organe et transportés par le sang pour atteindre, à distance, leur cible et déclencher une action (stimulation ou blocage).

Hypocalorique : apport d'énergie inférieur aux besoins, à la consommation de calories*.

Hypothalamus : centre cérébral, situé 7 à 8 cm derrière les yeux, qui assure des fonctions majeures dans la régulation de fonctions « inconscientes » : dormir, manger, avoir du plaisir, ressentir des émotions.

Indice de masse corporelle (IMC) : calcul permettant de tenir compte de la taille pour évaluer le poids corporel. C'est le poids en kilos divisé par le carré de la taille en mètres (normal entre 18,5 et 25 kg/(m)^2).

Lipides : carburant cellulaire d'une part ; matériau de protection mécanique, électrique et chimique de nos cellules d'autre part. Contenu dans les matières grasses.

Macronutriments : macro signifie qu'il en faut de grandes quantités (cent grammes ou plus) pour couvrir les besoins quotidiens.

Métabolisme de base : consommation d'énergie lorsque nous sommes allongés, à jeun, et que nous ne faisons aucun effort.

Neuromédiateurs : « messagers » chimiques permettant de relier différents neurones au sein du cerveau ou dans les nerfs du reste du corps.

Nutritionnel : (*voir* nutrition métabolique)

Nutrition métabolique : fonction vitale dont le but est d'assurer à notre corps la fourniture de l'ensemble des substances dont il a besoin. Science qui consiste à en comprendre le fonctionnement. La diététique* en est une résultante pratique.

Perfectionnisme : souci de la perfection. Dans les TCA, l'excès de perfectionnisme est lié au manque de confiance et va jusqu'à la manie, à l'obsession, au règlement du moindre détail sans intérêt.

Potassium : constituant minéral essentiel de nos cellules, il participe à la contraction musculaire (et cardiaque).

Protides, protéines : constituants principaux de nos muscles et viscères. Contenus dans les viandes et les poissons.

Psychanalyse : démarche d'analyser les raisons et les mécanismes de nos souffrances, de nos processus mentaux ou de nos comportements. Les psychiatres ne sont pas tous psychanalystes et les psychanalystes ne sont pas tous médecins.

Psychothérapie cognitive comportementale : dans les TCA animée par un psychothérapeute, idéalement assisté d'un nutritionniste ou d'un diététicien, tous formés aux TCA. Groupes de six à dix malades, où ils expriment leur ressenti, souvent partagé par les autres, vis-à-vis de leurs peurs et de leurs émotions autour du repas.

Rassasiement : perte progressive, au cours du repas, de la faim*.

Thérapie familiale : animée par un psychothérapeute ou un psychiatre. Elle consiste à offrir à la famille (la malade, son père, sa mère, voire un frère ou une sœur) un lieu d'échanges et de dialogues. Le rôle du thérapeute est de servir de médiateur et de proposer des pistes de réflexion.

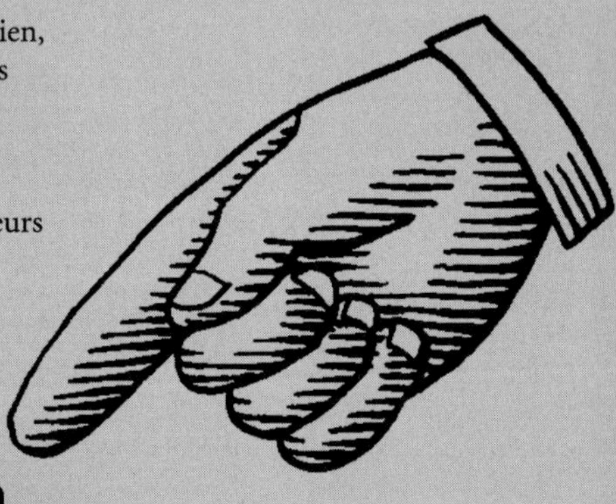

Bibliographie

Les romans

Delvig (Lou), *Jours sans faim,* Grasset, 2001. Un beau roman sur l'hospitalisation d'une jeune fille anorexique et sa guérison.

Rigaud (Michel), *Bergame,* Alinéa, 1991. Un beau roman sur un drame familial qui a conduit une jeune fille à l'anorexie mentale.

Hornbacher (Marya), *Piégée : mémoires d'une anorexique,* coll. « Pocket » n°10798, Pocket, 2000. Les mémoires d'une jeune fille anorexique partie à la recherche d'elle-même.

Les essais

Alvin (Patrick), *Anorexies à l'adolescence,* coll. « Conduites », Doin, 1996. Facile à lire, intelligent, mais peu accessible au grand public.

Balasc (Christiane), *Désir de rien : de l'anorexie à la boulimie,* Aubier, 1990. Simple et documenté, destiné au grand public.

Bruch (Hilde), *Conversations avec des anorexiques,* coll. « Documents », Payot, 1990. Écrit de façon très accessible, un des standards de l'anorexie.

Brusset (Bernard), *Psychopathologie de l'anorexie mentale,* coll. « Psychismes », Dunod, 1998. Réservé aux professionnels de la santé (psychiatres et psychanalystes surtout).

Flament (Martine), Jeammet (Philippe), *La Boulimie : réalités et perspectives,* Masson, 1999. Réservé aux professionnels de la santé. Ce livre compile les résultats d'une étude scientifique menée chez des malades boulimiques.

Guillemot (Anne), Laxenaire (Michel), *Anorexie mentale et boulimie : le poids de la culture,* coll. « Médecine et psychothérapie », Masson, 2001. Pour psychiatres et psychanalystes surtout.

Bibliographie (suite)

PERROUD (Alain), *Tout savoir sur l'anorexie et la boulimie : comment aider les parents à soutenir les enfants*, Favre, 2000. Pour le grand public.

RIGAUD (Daniel) et coll., *Nutrition et alimentation à l'adolescence,* institut Danone (92300 Levallois-Perret), 2000. Réservé aux professionnels de la santé (médecins et diététiciens).

VINCENT (Thierry), *L'Anorexie,* Odile Jacob, 2000. Réservé aux professionnels de la santé (psychiatres et psychanalystes).

Adresses utiles

Association « Autrement, pour un autre regard sur son poids », 16, rue Le-Sueur, 75116 Paris.
Site Web : **www.autrement.asso.fr**

Groupe d'études français de l'anorexie et la boulimie (GEFAB).
Site Web : **perso.club-internet.fr/dorigram**
Tél. : 01 40 67 72 98

Aide contre la boulimie :
Site Web : **www.boulimie.com**

Aide contre l'anorexie mentale :
Site Web : **www.anorexie.org**

Index

Le numéro de renvoi correspond à la double page.

Responsable éditorial
Bernard Garaude
Directeur de collection – Édition
Dominique Auzel
Assistante d'édition
Anne Vila - Cécile Clerc
Relecture - Collaboration
Géraldine Aubert
Correction – Révision
Claire Debout
Iconographie
Sandrine Batlle
Conception graphique
Bruno Douin
Maquette
Anne Heym
Illustrations
Jean-Claude Pertuzé
Fabrication
Isabelle Gaudon
Magali Martin

ISBN : 2-7459-0521-X
D. L. 4e trimestre 2002
Aubin Imprimeur, 86240 Ligugé
Impr. L 64431